Tonto, muerto, bastardo e invisible

Juan José
Millás

Tonto, muerto, bastardo e invisible

Papel certificado por el Forest Stewardship Council®

Primera edición en esta colección: junio de 2024

Printed in Spain – Impreso en España

ISBN: 978-84-204-7876-0
Depósito legal: B-7000-2024

Impreso en Unigraf, Móstoles (Madrid)

A L 7 8 7 6 0

Tonto, muerto, bastardo e invisible

Cuando encargué que me hicieran un bigote postizo de pelo natural como el de mi padre, creí que no era más que un modo de homenajear irónicamente su memoria y de demostrar de paso al peluquero, o a mí mismo, que podía hacer gastos y gestos superfluos, pero una vez que lo tuve en la mano me pareció percibir en él un instinto ortopédico que me causó algún malestar, de manera que me deshice del estuche, que tenía un volumen incómodo, y escondí el postizo en una pequeña caja fuerte camuflada en las profundidades del armario de mi dormitorio. La caja fuerte había sido también el resultado de un gesto superfluo, quizá por eso Laura no se relacionaba con ella, ni siquiera había llegado a aprenderse la combinación. En cuanto al niño, no conocía su existencia. Se trataba, pues, de un nicho perfecto para enterrar aquella prótesis que, abandonada en cualquier otro lugar, podía confundirse con un animal muerto, o quizá con el embrión de un individuo.

Aquello había sucedido en los primeros meses del invierno anterior, al poco de que murieran mis padres en un incendio que yo no provoqué, y desde entonces, aunque no había vuelto a contemplar el bigote, me había dejado acariciar por él en las ocasiones en que tuve que meter la mano en la caja para buscar algún papel. Su tacto resultaba inquietante, pero después del primer escalofrío sucedía siempre una paz inexplicable, la clase de paz que este domingo de finales de marzo intentaba encontrar en los argumentos que circulaban, con el estrépito de un tren dentro de un túnel, por las galerías oscuras de mi miedo.

El viernes anterior, el director de personal me había comunicado que tenían que prescindir de mí a cambio de una indemnización equivalente al salario de un año y de un gesto infeccioso de solidaridad. Podría acogerme al subsidio de desempleo y resistir, en el peor de los casos, dos años. Además, Laura trabajaba también, era forense, de manera que el horizonte de la indigencia quedaba todavía un poco lejos. No se trataba, pues, objetivamente hablando, de una situación desesperada, pero yo estaba subjetivamente hundido desde entonces en una desesperación que durante el fin de semana había intentado ocultar a la mirada de mi mujer y de mi hijo. Finalmente, el domingo por la tarde la glándula del miedo había comenzado a liberar una sustancia nueva que actuó en seguida sobre mi capacidad respiratoria; parecía que el aire se hubiera espesado o contuviera grumos. Entonces me refugié en el cuarto de baño adosado al dormitorio y dejé que toda la cobardía aplazada desde que entrara en la empresa un equipo socialdemócrata, con la orden de venderla en trozos, se reuniera de golpe en la percepción del espacio: miraba las paredes, y el espejo, y la bañera oculta tras la mampara de cristal, y el lavabo italiano y el bidé, y no eran otra cosa que las paredes y el espejo o el bidé y el lavabo que habría visto un cobarde en una situación como la mía.

Cerré los ojos para no mirar, pero también la oscuridad me devolvió el desasosiego que transmiten los objetos cuando uno se relaciona con ellos desde el miedo. Durante los minutos siguientes abrí y cerré varias veces los grifos para transmitir sensación de actividad, confiando en que la angustia se replegara al alcanzar determinada magnitud. Entonces me acordé del bigote.

Con movimientos sigilosos, salí del cuarto de baño y me deslicé hacia el dormitorio respirando el aire a pedazos, pues aún no había dejado de espesarse. Pero luego, cuando la caja fuerte se abrió como una boca y recuperé el postizo, la agitación comenzó a disminuir o a retirarse hacia la periferia de mis órganos. En cualquier caso, el centro del pecho, la zona con mayor capacidad de sufrimiento, quedó desalojada en seguida mostrando el aspecto de una habitación vacía por la que el aire, ya en su forma gaseosa, comenzó a circular sin las dificultades anteriores.

Tras encerrarme de nuevo en el cuarto de baño, arranqué la lámina de plástico que protegía el envés adhesivo del bigote y me lo coloqué frente al espejo. Se trataba de un bigote ancho, muy negro, cuyos pelos caían hacia abajo tapándome los labios. Cuando acabé de ponérmelo, mi pecho pasó del estadio de habitación vacía al de mero agujero carente de función: en otras palabras, mi pecho era irreal, y ese agujero de irrealidad abierto en la mitad del cuerpo hacía irreal también el daño que lo había habitado.

Con el bigote puesto, me senté sobre el retrete y contemplé la jabonera de cobre y los lujosos complementos de los que colgaban las toallas —otros gestos superfluos—, mientras que el proceso de desrealización comenzado en el pecho se extendía en círculos concéntricos en dirección al vientre y a los hombros. En unos minutos, lo único real que quedó en mi cuerpo fue el bigote, la prótesis. Me incorporé para mirarme en el espejo y comprobé que los pelos tapaban, como un telón, la expresión de mis labios: creo que en esa abertura facial se concentraba toda la información de lo que era o de lo que había llegado a ser; si la ocultara siempre tras un bigote, nadie sabría a qué atenerse cuando le mirara, pues los ojos, sin el concurso de los labios, resultaban neutrales, como los de mi padre, cuya mirada era idéntica para la aprobación y para la censura.

El espejo, en fin, me devolvió un rostro atractivo porque se trataba de un rostro que carecía de intenciones. Soy otro, pensé, y contemplé mi cuarto de baño como si lo viera por primera vez. Había un camisón de Laura colgado tras la puerta y lo olí con los ojos cerrados. El olor me dio miedo, pero se trataba de un miedo desactivado, sin ansiedad, un miedo puesto al servicio del placer. Necesitaba ir a buscar a Laura, pero no podía presentarme en el salón con el bigote puesto, de manera que me lo arranqué con cuidado y aguanté a pie firme para ver qué sucedía. Y no sucedió nada; es decir, el proceso de desrealización no se invirtió.

Abandoné el cuarto de baño y, tras devolver el bigote a la caja de acero, salí al pasillo y lo recorrí con mis piernas irreales, imitando los movimientos del que anda, aunque podía haber flotado por la casa como una masa de gas. Al alcanzar la altura de la cocina, mi cuerpo, además de irreal, era también universal.

Llegué al salón, donde mi mujer y mi hijo miraban la televisión, y, acercando mi rostro universal al oído de Laura, dije:

—Ven.

Ella miró al niño, atrapado en el vértigo de los dibujos animados, y dudó.

—¿Qué pasa?

—Anda, ven.

Esta vez mis palabras, sin dejar de salir de la boca, traían ecos de constelaciones remotas. Laura se incorporó y me siguió hasta el pasillo, donde volví a imitar los gestos del que anda mientras con mis dedos universales guiaba el cuerpo de ella hacia el interior de la casa. Entonces mi mujer sufrió un ataque de miedo y volvió el rostro hacia mí:

—¿Qué quieres, Jesús?

—Que me enseñes el culo.

—¿Qué dices?

—Que te levantes la falda y me enseñes el culo.

Laura sonrió desconcertada y su sonrisa, en la oscuridad del pasillo, me pareció como uno de esos brillos que aparecen de súbito entre las aguas de un pozo profundo. Estaba excitada.

—Anda, súbetela —insistí en un tono de súplica universal.

Los dientes de ella aparecieron por detrás de los labios, iluminándolos, y resultaron ser, como los ojos, unos órganos universales que emitían resplandores desde el hondo cielo. El pasillo, por otra parte, había perdido los conceptos de longitud o extensión: se trataba, como mucho, de un volumen hueco, de dimensiones inestables, sin otra atmósfera ni otros atributos que los que le proporcionaba mi naturaleza universal. Navegando dentro de esa atmósfera, ella había comenzado a levantarse la falda para exponer su culo al universo en que me había convertido. Jugué con sus bragas blancas —otra forma de fulgor en la oscuridad reinante— adelantando y retrasando los límites de la carne para obtener frutos y jugos fronterizos que llegaban a mi boca universal como traídos desde las regiones más exóticas del universo. Las explosiones de ella se sucedieron en la hondura del pasillo con el eco de la televisión transformado en un fenómeno atmosférico, y, sus gritos, en un estruendo como de tempestad. Mi estallido tuvo lugar dentro de los límites inabarcables de una meteorología corporal en la que el pasillo, en lugar de estar fuera, estaba dentro de mí. En realidad, en ese momento ya no había nada que no estuviera contenido dentro del cuerpo imaginario que había crecido como un conjunto de constelaciones a partir del centro de gravedad del bigote.

Recuerdo que aquella noche de domingo David, mi hijo, tuvo fiebre. Yo lo supe antes que mi mujer, cuando le acompañé a la cama, pero no se lo dije a Laura. David me pidió que le contara un cuento y yo inventé sobre la marcha la historia de un niño, Olegario, que vivía con sus padres y su hermana, más pequeña que él, en un pueblo alegre y confiado. Olegario se había hecho a escondidas un bigote postizo, idéntico al de su padre, que solía llevar en la cartera del colegio. Así, cuando tenía problemas con sus compañeros o con sus profesores, se escondía tras un arbusto, se colocaba el bigote, y todos le tomaban por su padre. Entonces se dirigía al profesor que pretendía castigarle diciéndole:

—Mi hijo no hizo ayer los deberes porque tuvo fiebre.

O bien al niño que le había agredido:

—Si se te ocurre tocar otra vez a mi hijo, vengo y te mato.

De este modo, llegó un momento en que nadie se atrevía a meterse con él, porque su padre aparecía en los momentos más inesperados.

En esto, el padre de Olegario pereció a causa de un accidente, y Olegario, para que su madre y su hermana no sufrieran, se escondió en el cuarto de baño de su casa y se colocó el bigote. La mujer, al verlo aparecer por el pasillo, pensó que su marido había vuelto y dejó de llorar. El caso es que Olegario ya no pudo desprenderse del bigote y entonces pensaron que el niño había sido raptado, por lo que su madre y su hermana volvieron a hundirse en la desdicha.

Entonces fingió que tenía que pasar la noche fuera por razones de trabajo y se apareció sin bigote, es decir, en forma de niño, a las dos mujeres. Les explicó que había hecho un pacto con la muerte para que una no se quedara viuda ni la otra huérfana: había cambiado, en fin, su vida por la del padre, de ahí que hubiera desaparecido al mismo tiempo que éste resucitó. Añadió, para tranquilizarlas, que la muerte era un lugar luminoso y ancho donde los árboles, en lugar de frutas, proporcionaban deseos. Una vez que convenció a las dos mujeres de que se encontraba bien, desapareció por el pasillo y volvió a presentarse a ellas al día siguiente con bigote.

Me callé en este punto, confiando en que David se hubiera dormido, pero el niño abrió los ojos, ya claramente febriles, y preguntó que qué había pasado después. Yo reflexioné un poco desde la benevolencia de mi condición universal y comprobé que el relato abría una expectativa de dos incestos, aunque sólo se había consumado uno, de manera que decidí continuar. Conté que después de muchos años, cuando falleció su madre, Olegario, se retiró a una casa abandonada en las afueras del pueblo y se quitó el bigote dispuesto a regresar a la escuela para recuperar los años perdidos. El hombre del bigote desapareció, pues, para sorpresa de todos, aunque en seguida dejó de hablarse de su ausencia porque ya no era tan necesario como antes, pero también porque la simultánea aparición de un desconocido en la casa abandonada de las afueras acaparó la atención de todos. El hecho, además, de que este desconocido se empeñara, pese a su edad, en ir a la escuela, hizo que se le tomara por un retrasado mental del que cabía esperar cualquier extravagancia.

Entre tanto, sus antiguos compañeros de escuela, convertidos ya en agresivos jóvenes, no hacían otra cosa que cortejar a su hermana, cuya belleza y buen carácter eran la envidia de todas las mujeres del lugar. Pero ella los rechazaba a todos con desdén, como si esperara a alguien cuya llegada le hubiera sido anunciada por un ángel.

El retrasado mental, por otra parte, observaba desde su oscura condición las intrigas de sus antiguos compañeros para llevarse a su hermana, al tiempo que notaba el rechazo caritativo que su presencia producía en la escuela. Un día, harto de soportar esta doble humillación, buscó de nuevo el bigote, que había conservado dentro de una bolsa de plástico, y con él en el labio entró en el pueblo con el gesto del que viene de muy lejos. Todo el mundo se quedó deslumbrado por la apostura de aquel desconocido que atravesó las calles con la decisión de un príncipe y fue directamente a pedir la mano de la joven que hasta entonces había rechazado a todos sus pretendientes. La joven aceptó sin dudar las proposiciones de este nuevo hombre del bigote, de manera que se casaron y vivieron felices.

Dos incestos, pensé mientras intentaba descifrar en la penumbra del dormitorio la expresión de mi hijo. David abrió los ojos y me preguntó por el título del cuento:

—Olegario, el hombre del bigote —respondí.

—¿Y el tonto desapareció para siempre? —insistió.

—Del tonto hablaremos otro día —añadí tapándole.

Le toqué la frente y comprobé que la temperatura continuaba ascendiendo, pero eso no me llevó a establecer ningún juicio, ni a tomar ninguna decisión. Sentado sobre el borde de la cama, me dejé absorber por la oscuridad de la habitación, atenuada por la luz que llegaba del pasillo, y me pareció que las dimensiones del dormitorio eran, de súbito, inabarcables, pues aunque las paredes continuaban en su sitio, habían perdido la capacidad de dotar de estabilidad geométrica al espacio.

Mi mirada fue deteniéndose sobre cada uno de los objetos del cuarto de David y comprobé que poseían una respiración imperceptible, aunque algo ansiosa, como si fueran dueños de una vida breve que temieran malgastar. Me llamó la atención una hucha de metal volcada sobre la mesa porque, a pesar de la oscuridad reinante, era visible la rendija por la que respiraba, o, más que la rendija, los bordes que establecían sus límites. Me acordé de la ranura del cajero automático, que se definía por el filo de sus labios, esa vulva de la que salían billetes afilados.

David levantó los párpados y yo supe que su mirada me iba a traspasar, como otras veces en que, en esa misma situación, nuestros ojos se encontraban —los míos para ver si se había dormido, y los del niño para comprobar que yo continuaba allí— intercambiando un involuntario mensaje de menesterosidad. Pero esta vez fue distinto: su mirada penetró en mi universo y volvió a salir sin haber producido ningún daño. Desde que era universal, como la geografía y la historia, que, ahora me acuerdo, también eran universales, había dejado de ser responsable de la marcha del mundo, y ya no tenía que preocuparme por la fiebre de David ni por lo que hubiera detrás de ranuras como las de la hucha, ni por las regulaciones de empleo. Ni siquiera tenía que tener cuidado con los contenidos incestuosos de los relatos dirigidos al niño. Desde la perspectiva universal de la que gozaba todo eso parecía irrelevante.

Sin embargo, al día siguiente, cuando sonó el despertador, me incorporé con un ataque de ansiedad colocado en ese punto donde se desarrollaba, como un tumor, mi existencia laboral. La fiebre de David se había disparado durante la noche y el niño no había dejado de delirar hasta la madrugada. Laura propuso llamar al médico de urgencia, pero yo, que a esas horas aún no había perdido la perspectiva universal de las cosas, logré tranquilizarla. No pasaba nada. Sin embargo, cuando la fiebre comenzó a remitir y el niño, agotado, se hundió en un sueño estable, yo tenía la garganta seca y los labios cortados, como si la fiebre se hubiera cebado en mí. Y una vez en la cama, después de que Laura se durmiese, había oído ruidos que me dieron miedo. Abrazado a la cintura de ella, como un náufrago a una tabla, logré llegar nadando imaginariamente hasta el territorio del sueño, desde donde en seguida oí llorar a David.

Me incorporé sobresaltado y al ver que Laura no se despertaba acudí yo a la habitación del niño, al que encontré dormido; su respiración era tranquila y había comenzado a sudar, rompiendo el calor seco de la fiebre, por la cabeza y por el cuello. Regresé, inquieto, al dormitorio, y apenas había comenzado a dormirme cuando me despertó otra vez su llanto. Laura, contra su costumbre, tampoco esta vez se despertó. Me levanté de nuevo y comprobé que no era David el que lloraba.

Sin embargo al regresar a la habitación el llanto se escuchó una vez más en la oscuridad alargada del pasillo, pero ahora estaba despierto y advertí con asombro que procedía del interior de mi pecho.

Me acosté lleno de presentimientos y permanecí con los ojos cerrados hasta que sonó el despertador, vagando sin rumbo por un territorio abisal en el que las ideas y las pesadillas parecían hechas con los mismos materiales. Deseé cien veces que fuera de día, como los niños cuando padecen terrores nocturnos, pero ya era de día y aunque la realidad había adoptado sus formas habituales, el miedo permanecía intacto.

Afortunadamente, Laura continuaba encogida a mi lado, bajo las sábanas que dibujaban la forma de su culo. Intenté recuperar la excitación de la tarde anterior, pero todo aquello parecía un recuerdo de otro. Esa mañana lo único mío era la fiebre de David y el problema laboral al que tendría que hacer frente al llegar a la oficina.

Entonces me acordé del bigote y, tras sacarlo sigilosamente de la caja fuerte, me encerré con él en el cuarto de baño. Apenas había terminado de ponérmelo cuando mi humor cambió de registro con la suavidad con la que el patinador se desliza de un lado a otro de la pista, sobre el hielo. De súbito, la fiebre de David carecía de importancia —unas anginas en el peor de los casos—; en cuanto al trabajo, si hacía las cosas con inteligencia, podría obtener dos años de indemnización más el subsidio. A ello había que añadir el sueldo de Laura, que trabajaba como forense en la sanidad pública. Me asombré de la calidad quejumbrosa de la ansiedad anterior, que no guardaba ninguna relación con las magnitudes universales que había empezado a manejar, y lo que ahora me pareció de otro fue el recuerdo de la angustia.

¿De otro? ¿Quizá del subnormal en que me convertía, como Olegario, el personaje del cuento que le había contado a David, cuando se me pasaban los efectos del bigote? Comprendí de súbito que el miedo a perder el trabajo era en realidad el miedo a ser descubierto. Durante los últimos veinte años el trabajo había sido la tapadera de mi minusvalía: imitando las actitudes y los gestos de la gente normal, había llegado a ser jefe del departamento de recursos humanos de una multinacional del papel de la que el Estado era el principal accionista (papel higiénico, pañuelos y servilletas de papel y papel de cocina: papel, en fin, para limpiar ranuras y agujeros). Jefe de recursos humanos, la verdad es que estaba muy bien para un oligofrénico. ¿Y si ahora, al quedarme en el paro, perdía también la capacidad para disimular y se descubría que era, como Olegario, un retrasado? Detrás de la mesa de un despacho con moqueta, respaldado por el dinero del Estado, había sido muy fácil fingir; de manera que el miedo a perder todo eso era quizá el miedo a perder también la máscara. Por fortuna, había descubierto los efectos del bigote a tiempo de sustituir una cosa por otra.

Lleno de un optimismo corporal inexplicable, me duché con el bigote puesto y al salir de la bañera lo escondí en el bolsillo del albornoz. Después me acerqué al dormitorio de David y le puse la mano sobre la frente. La fiebre se había ido, como la ansiedad, y el crío parecía tranquilo. La luz que entraba por las ranuras de la persiana ponía los objetos al alcance de la mirada con más facilidad que la noche anterior. Los contemplé uno a uno y comprobé que continuaban respirando, aunque con tal disimulo que sólo un niño o un adulto universal, como yo, habrían podido percibirlo.

Tomé la hucha de metal volcada sobre la mesa y acerqué la ranura a mi rostro para olerle el aliento: olía a dinero, a indemnización, a sexo. Después miré los cuentos, los juguetes, la colcha con dibujos infantiles de mi hijo, y sentí la confortable gratitud del que regresa a casa tras una larga ausencia: el niño que había llorado por la noche desde las profundidades de mi pecho continuaba allí porque era yo. Entonces contemplé el cuerpo de David y mientras evaluaba las ventajas de ser adulto y niño al mismo tiempo que inteligente y subnormal, rememoré los placeres infantiles de la fiebre, de la aflicción muscular, del abandono al cuidado de los otros.

Regresé al dormitorio y metí mis manos infantiles por debajo de las sábanas, buscando con mis dedos de niño la ranura de Laura, que, sin abrir los ojos, comenzó a mover las piernas en seguida, como si entre la excitación de la tarde anterior, cuando me mostrara el culo en el pasillo, y ésta de ahora, más que una interrupción sólo se hubiera producido un apaciguamiento. Combiné la torpeza de los tocamientos de un niño con la sabiduría de un hombre maduro, de forma que el cuerpo de ella, manipulado por las manos de un tonto y la mirada de un perverso, se convirtió en seguida también en un universo por cuyas constelaciones navegué cargado de fiebre y de deseo universal. Después del primer estallido, Laura no pudo evitar volver a su individualidad menesterosa y culpable y preguntó por David.

—Está bien, no son más que unas anginas. Que no vaya al colegio —dije. Pero mientras lo decía supe que el que no volvería al colegio nunca más sería yo.

Esa mañana, cuando llegué a la oficina, mi despacho estaba ocupado por un sujeto diez años más joven que yo. Me apresuré a estrechar su mano dándole la enhorabuena, mientras que con la mano libre acariciaba el bigote escondido en el bolsillo del pantalón. Luego me senté en la silla de las visitas y crucé las manos en actitud pasiva, como si esperara órdenes. Mi sustituto llevaba un bigote que se doblaba en las puntas hacia arriba, señalando la dirección de los ojos.

—Yo también tengo un bigote —dije—, pero no lo llevo puesto todo el rato; sus efectos duran varias horas. Es más cómodo que el bigote permanente.

Mi sustituto sonrió con miedo a no dar con la respuesta adecuada. Finalmente dijo:

—Perdona, creí que había hablado ya el director de personal contigo. Me parece que no puedes estar aquí.

Le contemplé con la benevolencia con que las leyes de la gravedad habrían contemplado las evoluciones aéreas de un mosquito, y, de súbito, cuando me disponía a darle un consejo, vi unas nubes a través de la ventana. Reparé en que el día estaba oscuro.

—Hay clima —dije asombrado, como si nunca hasta ese instante hubiera habido clima: incluso a través del cristal podía percibir el olor de la tormenta.

Tuve un deslumbramiento infantil frente a la conciencia de la lluvia, y mientras una parte de mí vigilaba los movimientos del nuevo jefe de recursos humanos, que en ese momento descolgaba el teléfono, la otra recordaba una escena antigua en la que era subnormal: estaba con pantalones cortos, junto a un muro desconchado, cerca de una panadería. Entonces, torcía los pies hacia dentro y sacaba la mandíbula, de manera que el labio inferior cubriera el superior, al tiempo que con la lengua excitaba las glándulas productoras de saliva para producir un exceso de líquido que se derramara por la barbilla.

La panadera estaba sola. Me acerqué al mostrador y expulsando las palabras de la boca como si fueran objetos sólidos, que se resistieran a salir, pedí dos enchufes para la luz. La mujer me contempló con un gesto que oscilaba entre la repugnancia y la pena.

—La ferretería está un poco más abajo, hijo, después de la mercería que tiene una máquina de coser en el escaparate.

Salí a la calle y comprobé por la mirada de los otros que arrastrando el pie derecho acentuaba la sensación de anormalidad. Había empezado a llover y el pelo se me derrumbó sobre la frente. Entré en la ferretería y pedí dos barras de pan al tiempo que daba vía libre a la cantidad de saliva que había acumulado durante el trayecto. El ferretero abandonó el mostrador y me puso la mano en el hombro con afecto.

—Mira, hijo, el pan no es aquí.

Me llevó hasta la puerta para indicarme la dirección, pero en seguida pareció arrepentirse y con gesto resolutivo dijo:

—Te acompaño.

Mientras caminábamos por la acera rota, bajo una lluvia irregular, yo notaba la presión colaboradora de la mano del hombre sobre mi hombro izquierdo, percibiéndola como un gesto solidario dirigido a sí mismo. No quería pensar en lo que ocurriría cuando entráramos en la panadería, pero todos mis sistemas de alarma estaban funcionando para hacer frente a ese momento. El hombre sacó un pañuelo y me limpió la barbilla.

—Os pasáis el día babeando.

Mi cabeza descompuso y manipuló la frase hasta obtener cuatro fragmentos de cuatro sílabas: os pasáis el / sáis el día / sáis el día / babeando.

Era la fórmula mágica para las situaciones de peligro. Llegamos a la panadería.

—Este pobre chico quiere pan —dijo el ferretero.

—Pues a mí me acaba de pedir dos enchufes —contestó la panadera.

La tensión dentro de mí era tal que habría enderezado con gusto mis piernas para salir corriendo, pero me retenía allí la sensación de desamparo que estaba logrando transmitir y la curiosidad de averiguar lo que podría obtener de ella. La panadera añadió:

—Está como tu hijo.

—Pero el mío no sale —respondió el ferretero—. ¿Te suena del barrio?

—No sé. ¿Dónde vives, chico?

Volví a escupir palabras como piedras:

—He de cruzar la calle. Cuidado con el tranvía. Dos enchufes.

Al observar que dominaba la situación, probé a apurarla un poco más:

—Dos enchufes americanos, clavija plana.

La panadera cogió una barra de pan y la envolvió en una hoja de periódico.

—Toma, anda, coge esto y vete a casa.

Cogí el paquete al tiempo que esbozaba una sonrisa brutal. El ferretero me acompañó hasta la calle tomándome de nuevo por el brazo. La lluvia, aunque débil, era más homogénea, de manera que nos obligó a caminar bajo las cornisas.

—No eres tan tonto, pero a mí, desde luego, no me sacas un enchufe, mucho menos americano.

—Dos enchufes, clavija plana, americanos —repetí.

—Dos tampoco. Mira, ésta es la calle del tranvía; cruza ahora que no viene nada y vete directo a casa, que llueve mucho.

Atravesé la calle acentuando la irregularidad de todos mis movimientos, y al llegar al otro lado me volví y vi al ferretero protegiéndose de la lluvia bajo una cornisa. Le dije adiós agitando la barra de pan y luego, a medida que me alejaba hacia el portal donde me esperaban las risas de los amigos, y con la misma suavidad con la que el patinador se desliza de un extremo a otro de la pista de hielo, el niño se deslizó hacia el adulto y volví a encontrarme frente al sujeto del bigote con puntas que había ocupado mi puesto en la empresa de papel. Me pareció que tenía cara de culpable.

—¿Has usado el teléfono? —pregunté en tono acusador.

—¿Cómo?

De súbito, tuve una revelación: aquel tipo también era un subnormal encubierto. Por alguna razón, la jefatura de los recursos humanos constituía un lugar en el que los tontos disimulaban mejor su minusvalía.

—Entonces lo has usado; no tienes remedio. ¿Qué vas a hacer con un departamento de recursos humanos si no eres capaz de distinguir, cuando lo tienes delante, a uno igual que tú?

El otro se puso rojo, como si acabara de descubrirle un secreto vergonzoso.

—¿Qué quieres decir? —articuló.

—Que eres un subnormal; no te preocupes, yo también. Te guardaré el secreto.

—Mira —dijo mi sustituto con la clase de tono conciliador que se utiliza para ganar tiempo—, yo entiendo que estés afectado por la situación, pero comprende que no se trata de una cuestión personal entre nosotros dos.

—No te lo tomes como un insulto, a lo mejor no sabes que eres subnormal, como el que ignora que tiene un lunar en la espalda hasta que otro se lo ve. O quizá lo sabías, pero llegaste a olvidarlo, como yo.

Entonces, mientras hablaba, recordé que yo lo había averiguado de golpe: un día advertí de súbito que me gustaba demasiado hacerme el tonto y de que lo hacía demasiado bien para no tratarse más que de una representación. Además, mis amigos se reían de un modo que a ellos les daba miedo, quizá porque no estaban seguros de que todo aquello fuese tan divertido, y a mí vergüenza, porque yo sí sabía que no era divertido. Recordé que la última vez que me hice el subnormal llovía, como ahora, y que al llegar a casa, después de las risas de mis amigos, decidí que en el futuro dominaría mis inclinaciones para disimularlo; por alguna razón, había empezado a advertir que se trataba de una carencia. Entonces me convertí en un observador vicioso: miraba y aprendía todo el tiempo de los otros. Repetí sus gestos y su modo de hablar hasta que llegaron a salirme sin esfuerzo. Por eso había olvidado lo que era, porque no me costaba representar lo que no era. Habían tenido que despedirme de la empresa de papel para que volviera a acordarme.

—Tú —dije a mi sustituto— debes saber bastante del esfuerzo de copiar a los otros: tienes cara de haber aprendido con dificultad dónde se vende el pan y dónde los enchufes.

La puerta del despacho se abrió y apareció el jefe de personal. Era un tipo ancho, de mi edad, que desalojaba mucho aire al moverse. Me puso la mano familiarmente sobre el hombro.

—Perdona, Jesús, el viernes se me olvidó decirte que necesitaríamos tu despacho a partir de hoy. Éste es Ricardo Negro; ojalá lo haga tan bien como tú.

Mientras el jefe de personal hablaba, lancé al tal Negro una mirada de complicidad que venía a decir tú y yo sabemos, a la que el otro respondió a su pesar como si supiera.

—La cuestión —continuó el jefe de personal— es que no puedes quedarte aquí y no he tenido tiempo de buscarte un sitio mientras decides si aceptas lo que te propusimos el viernes.

—No importa —dije—, haré guardia en la puerta. Este chico necesita ayuda. Debe llevar poco tiempo disimulando y se le nota que es tonto en seguida.

El director de personal, tras intercambiar con el otro una mirada que pedía comprensión hacia mi estado de ánimo, me tomó por el brazo y con movimientos persuasivos consiguió sacarme al pasillo y conducirme a un área de descanso, donde había un viejo sofá y dos máquinas de café.

—Eres muy persuasivo, pero se nota que no es una cosa natural, sino aprendida en algún cursillo de formación. Lo sé porque los organizaba yo y había uno de persuasión al que te apuntaste el mes pasado.

El otro sonrió agradecido por este reconocimiento al tiempo que introducía unas monedas en la ranura de la máquina de café.

—Ranuras —dije.

—¿Qué?

—Está todo lleno de ranuras.

—¿Cómo quieres el café?

—Solo, sin azúcar. No me gusta, pero siempre lo he tomado así para disimular mi subnormalidad. Todos los que toman el café solo y sin azúcar dan la impresión de tener dentro una verdad insoluble.

El director de personal me observó un poco preocupado, y al cruzarse la mirada suya con la mía comprendí, como si lo acabara de subrayar un relámpago, que también él era una clase de disminuido psíquico que había conseguido, como yo, que nadie lo advirtiera.

—También tú —dije.

El otro volvió la cabeza para que no se notara que estaba ruborizado y tras sacar el vaso de café vino a sentarse junto a mí.

—Qué dices, hombre.

—Acabo de notar que también tú eres tonto.

—Anda, toma el café.

—Dime, ¿qué fue lo que más te costó disimular a ti?

—¿Disimular qué?, ¿de qué hablas? Cógelo por arriba, que quema.

—Para mí —dije, y era verdad— lo peor fue con las chicas. Te cazaban en seguida, sobre todo las que eran como tú. Mi mujer es normal, eso creo. Con los estudios, ya ves, no tuve grandes problemas. Yo creo que el modo más sencillo de disimular que eres tonto es estudiando mucho. Yo estudié mucho y, bueno, hasta ahora había conseguido llevar la vida de una persona normal: me casé, tuve un hijo, llegué a ser alguien en la industria del papel, del papel higiénico... —bebí un poco y mantuve el café dentro de la boca, como si intentara, más que paladearlo, comprenderlo—. Ahora, misteriosamente, me he convertido en un tonto universal, como la geografía y la historia del bachillerato, ¿recuerdas?, que también eran universales. Quiero decir que soy un universo lleno de constelaciones y atmósferas. Por eso te he pillado, porque desde que soy un universo, en lugar de mirar las cosas, entro en ellas y veo lo que son. Y tú eres tonto, desde luego.

De repente, mientras decía esto, comprendí que el mundo estaba dirigido por idiotas que habían sabido disimularlo, igual que yo. De hecho, quienes triunfaban en la vida como directores de personal o subsecretarios habían sido previamente, por lo general, hijos ejemplares y estudiantes sin tacha. ¿Por qué tanta perfección si no se tenía nada que ocultar? Tuve, de golpe, la visión de un mundo en el que los oligofrénicos, imitándose unos a otros de generación en generación, lograban engañar con sus maneras aprendidas a la población normal, que fue depositando en ellos las labores de gobierno. La idea me puso un poco pálido, pero en seguida me hizo gracia.

—Así va el mundo —dije en voz alta.

—El mundo no se acaba aquí, Jesús, eres un buen profesional y saldrás adelante. Las reglas del juego están cambiando. Gente como tú y como yo resultamos muy caros frente a niños como Ricardo Negro. ¿Crees que yo voy a resistir mucho? En cuanto acabe de hacerles el trabajo sucio me largan también.

—Los dirigentes políticos —decía yo mientras tanto—, los economistas, los obispos, ¿no te das cuenta?, son subnormales, como nosotros; más que nosotros, porque si han llegado tan lejos es porque tuvieron que disimular más.

El director de personal comenzó a ponerse nervioso.

—Bueno, Jesús, yo no puedo hacer nada más por ti. Las condiciones que te ofrecí el viernes son las mejores. Me han autorizado a llegar hasta ahí y te conviene aceptarlo. Tienes suerte; a lo mejor cuando me toque a mí ya no hay dinero para indemnizaciones. Si quieres puedes resistir, pero, con franqueza, no te conviene.

—Creo que voy a resistir —dije—. ¿Dónde me siento?

—Por ahora, en ningún sitio. Tenemos también un problema de espacio horrible. Mañana o pasado te buscaré una mesa.

—¿Me quedo en el pasillo, pues?

—Por ahora, sí. No veo otro arreglo.

Estas presiones psicológicas socialdemócratas me habrían derrumbado la semana anterior, pero ahora me excitaban, de manera que dediqué el tiempo a deambular por los despachos y las zonas comunes provocando el miedo al contagio de todos aquellos a quienes me acercaba. A media mañana me puse en contacto con un ordenanza crónico del que obtuve un trozo de papel de embalar del tamaño de una mesa, sobre el que dibujé a rotulador los utensilios propios de un escritorio. Luego coloqué el papel en el suelo, junto a la puerta del ascensor, y me senté frente a él imitando los movimientos del que trabaja en una oficina. Al rato, el ascensor no hacía más que parar en ese piso cargado de cabezas curiosas, cuyas risas, tras cerrarse la puerta, seguían el trayecto del ascensor a lo largo del tubo. Reconocí esas risas y sonreí a mi vez, porque sabía que no eran producto del placer, sino del miedo. No obstante tuve que tocar el bigote, que llevaba en el bolsillo, un par de veces, porque el patinador interno había tenido la tentación de deslizarse hacia el territorio de la angustia; gracias a tales tocamientos conservé la condición universal que tanto me había ayudado a relativizar la situación.

Al mediodía, una de las veces que se abrió el ascensor, apareció el director de personal que rompió, irritado, la mesa de papel arrojándola a un rincón donde no había papelera.

—Imagino que eres consciente de que estás destruyendo material de oficina —señalé sin abandonar mi posición.

—Anda, ven conmigo, por favor. Vamos a mi despacho.

Le seguí con una sonrisa. Su secretaria nos vio pasar y preguntó, aterrada, si íbamos a tomar café. Nos sentamos en los dos extremos de un sofá que invadía uno de los rincones de aquel despacho que parecía haber sido amueblado para asediarlo o para resistir un asedio, indistintamente: había mesas invasoras y sillas invasoras y alfombras invasoras, además de pequeñas multitudes de objetos invasores que se agolpaban en cualquier superficie donde hubieran encontrado un hueco para taponar cualquier intención de desalojo.

—Nunca podrán echarte con este sistema defensivo —dije—. Este despacho, al contrario que el mío, no está amueblado para trabajar, sino para resistir un asedio. Quizá no seas tan tonto.

Mi ancho director de personal estiró el cuerpo y se llevó la mano a la cintura, introduciendo cuatro dedos entre el pantalón y la camisa. Yo le imité y la imitación produjo un estímulo en mi memoria universal, pues fui a acordarme de que mi primera entrevista de trabajo, hacía tantos años, había fracasado por imitar los gestos de mi entrevistador. No lo había hecho por burlarme, sino por quedar bien: me parecía que el otro era el que mantenía las posturas más adecuadas y por lo tanto yo iba reproduciéndolas, del mismo modo que el que atraviesa un campo de minas pisa las huellas del que le ha precedido con éxito. En cualquier caso, una mina estalló y me encontré en seguida en la calle con la lección bien aprendida: muy pocos soportan ver su propia trayectoria fuera de sí; no hay reproducción de uno mismo, en fin, que no parezca una burla.

Ahora no imitaba al director de personal por agradarle, ni por burlarme de él, la verdad, sino para comprobar la movilidad y los reflejos de mi naturaleza universal y gaseosa. De todos modos, mi imitación produjo en el otro una incomodidad insoportable, pues abandonó en seguida sus habituales preámbulos caritativos para internarse con crueldad en la materia:

—Estás despedido, Jesús, es mejor que te hagas cargo de la situación. Cuanto antes te des cuenta, mejor. Si resistes, dentro de cuatro meses o un año te pueden largar sin nada. Un año de indemnización y el paro está bien. Yo firmaba y tú tienes la misma información que yo de los planes de la empresa, de manera que deberías firmar.

—No sé —dije con pereza—, quizá debería resistir de todos modos.

El director de personal se rascó el mentón porque tenía una duda y yo recordé que en las novelas se suele decir mentón en lugar de mandíbula o barbilla. Rascarse el mentón significaba dudar; se trataba, en fin, de una actividad relacionada con la mente, de la que mentón parecía su aumentativo. Por imitarle, empecé yo también a acariciarme el mentón.

—¿Qué haces? —preguntó irritado.

—Me acaricio el mentón, como tú. Está bien rascarse el mentón mientras se medita sobre lo que sucede en el mundo. Seguro que en algún lugar del universo, en este instante, un oficinista está desenvolviendo un bocadillo de mortadela, mientras que en el piso de arriba, o en el de abajo, se están deshaciendo de un ejecutivo. En las novelas, a veces, alguien se rasca el mentón mientras el mundo se derrumba. Mentón viene de mente, de ahí que implique una reflexión.

Al director de personal le abandonó la irritación y en su lugar se instaló en seguida el desconcierto, o quizá el miedo. Entonces, inclinó toda su masa corporal en dirección a mí, para que comprendiera que iba a hacerme una confidencia. Dijo:

—Escucha, pondré las cartas sobre la mesa. Me han autorizado a ofrecerte una indemnización de dos años, como mucho, pero yo, tal como están las cosas, tengo que demostrar que he sabido llevar la negociación, que he manejado bien el asunto; me juego el cuello. Te estoy siendo sincero, ya ves. Ayúdame un poco. Es muy bueno para los dos, dieciocho meses y el paro, muy bueno. Las cosas se van a poner peor en seguida, ya te digo.

—Dos años y medio —dije yo, y las palabras salieron de mi boca como los dados del interior del cubilete: en busca de la fortuna o de la ruina.

—No puedo; si llego a dos años quedaría como un mal negociador y todavía hay que despedir a mucha gente. No quiero que se ocupe otro de eso.

—Dos y medio —repetí y volví a escuchar en el interior de mi cabeza el baile de los dados.

—No puedo.

—Entonces devuélveme la mesa de papel, quiero ponerme a trabajar en seguida.

El director de personal se llevó la mano al mentón y yo hice lo mismo.

—Está bien —dijo al fin—, bajo mi responsabilidad, dos años y medio, pero desde mañana no vengas por aquí. Nosotros te arreglaremos todos los papeles.

—Y hablas también con el tal Negro o con su secretaria para que si telefonea mi mujer le digáis que estoy fuera o reunido, cualquier cosa. No le voy a contar por el momento que me habéis puesto en la calle.

Al salir a la calle, dejé de ser universal y anduve un rato mojándome sin darme cuenta de que llovía: toda mi capacidad de percepción estaba concentrada en el miedo al futuro; a mi edad, y tal como se estaban poniendo las cosas, lo previsible es que no volviera a encontrar trabajo. Entré en un bar y, apoyado en la barra, hice cálculos y deduje que la situación no era tan mala. Si el patinador no se hubiera desplazado hacia el costado de la angustia, la situación sería incluso excelente. No se trataba, pues, de un desasosiego meramente económico. De todos modos, me preocupó que el bigote hubiera dejado de actuar y lo saqué del bolsillo, colocándolo sobre la barra. Parecía un ratón muerto, pero fue suficiente verlo para recuperar, aunque algo atenuado, el sentimiento de universalidad.

El camarero hizo un gesto de asco al colocar la consumición junto al postizo, de forma que lo retiré de la barra, aunque sin devolverlo al bolsillo. Lo mantuve en la mano, y a medida que transcurrían los segundos iba invadiéndome una suerte de gratitud que procedía del reconocimiento de un poder excesivo. Había pensado repasar de nuevo las cifras, para asegurarme de que la angustia no se debía a causas económicas, pero la necesidad desapareció antes de comenzar a hacer la primera suma.

Salí afuera y descubrí la oscura luz de las tormentas, y, con la luz, me hice cargo también de los edificios y de los pasillos húmedos que formaban las calles. Había dejado de llover. Eché a andar hambriento de percepción, y percibí la realidad con la intensidad con la que en una época remota las cosas habían atravesado mis sentidos. Con el bigote apretado en la mano derecha, olfateaba los rostros y las conversaciones de la gente sin ignorar que transgredía alguna norma, pero sabiendo ahora, como entonces, que sólo en esa transgresión había alguna esperanza de conocimiento.

Al atravesar una calle, vi en la esquina una iglesia y decidí entrar. Media docena de mujeres de negro ocupaban los bancos con el desorden aparente de las notas musicales sobre el pentagrama. Avancé por el pasillo central hacia las sombras del altar mayor, oliendo con avaricia el polvo, la cera y el incienso, y mientras evocaba escenas antiguas asociadas a esa mezcla de olores, tuve la impresión de que había una correspondencia misteriosa entre las oquedades de las capillas laterales, o de los confesonarios, y las de mi cuerpo, como si más que estar yo dentro de la iglesia, fuera la iglesia la que estuviera dentro de mí: tal era en ese instante mi grado de universalidad.

En esto, me llamó la atención un brillo dorado en una columna. Me acerqué y vi que se trataba de una ranura de cobre injertada en la piedra. Un cartel indicaba el tamaño de la moneda que había que introducir para que se encendieran las luces del altar mayor. La metí y, de súbito, se iluminaron varios cientos de metros cuadrados verticales. Yo, feliz, me retiré hacia la zona de los bancos para arrodillarme sobre uno de ellos con el recogimiento de una nota musical. También yo, ahora que en mi pecho se había abierto un boquete de irrealidad universal, estaba poseído por esa suerte de oquedad significativa y solemne de las catedrales, y por ese espacio libre podía caminar al fin oyendo el eco de los pasos que me arrastraban hacia el altar mayor de mis obsesiones, hacia el santuario de mis miedos. Y el hambre de avanzar, que era el hambre de percibir, ya no se combinaba, como en otra época, con el miedo a ser percibido, ni el deseo de perderme con el miedo a no ser encontrado. El vínculo entre conocimiento y condenación, entre percepción y daño, se había disuelto.

Abrí los ojos y vi la espalda de una mujer arrodillada en el banco de delante. Contemplé sus tobillos y sus piernas con una codicia idéntica a la de aquellos años, y después, como el observador vicioso que había sido en otro tiempo, ascendí hacia las nalgas buscando las formas que la ropa interior o la carne imprimían sobre la tela de la falda. Pensé que de haber levantado la vista hacia el altar, habría visto el mismo altar de entonces; al fin y al cabo, también el culo que observaba era el de mi madre. Estaba a punto de colocarme el bigote sobre el labio para hacerme pasar por el marido de aquella viuda, cuando las luces del altar se apagaron con un chasquido de medidor electrónico. Decidí irme.

En la calle se afianzó mi sentimiento de universalidad al contemplar a los transeúntes y advertir en ellos una individualidad menesterosa, como si cada uno fuera el centro de una pequeña constelación de dolor. Levanté mis ojos universales hacia el cielo y vi que una nube negra, de gran tamaño, se había colocado sobre los edificios. Era sorprendente que nadie se hubiera dado cuenta, que no mirasen hacia arriba, pese al espectáculo que allí se estaba produciendo.

Tampoco vi a nadie que se detuviera a olfatear el aire, cuyo olor estaba sufriendo una transformación sutil. Entonces, entre la nube y yo se estableció una complicidad de la que los demás quedaron excluidos.

Presentí, excitado, la posibilidad de que rompiera a llover de nuevo y me imaginé refugiado en un portal espiando el fenómeno atmosférico como un delincuente los movimientos de su víctima. Extendí la mano cerrada, con el bigote dentro, para sentir el roce de las primeras gotas, y entonces vi un sex-shop frente al que había pasado miles de veces sin pensar siquiera en la posibilidad de entrar. Ahora que era un universo, podía entrar en cualquier sitio.

Atravesé la calle y me metí sin preámbulos en el local. Había un bar con un hombre en la barra y paredes abovedadas con fotografías de mujeres desnudas. Crucé ese espacio y vi un pasillo lleno de puertas, como los pasillos de los sueños. Abrí la primera y entré en una cabina del tamaño de un ascensor; las paredes y el suelo eran negros, como los de un laboratorio de revelado fotográfico, de forma que no me resultó difícil crear la ilusión de encontrarme en el interior de un túnel vertical por el que podía caer, o ascender quizá, hacia el centro de algo.

Cuando mis ojos se acostumbraron a la oscuridad, vi frente a mí un escaparate apagado y, a la derecha, un panel de instrucciones y un teclado con un conjunto de fotografías numeradas. Me coloqué el bigote sobre el labio e introduje en una ranura abierta en la pared una moneda; luego seleccioné una de las mujeres del panel fotográfico y tecleé su número.

El escaparate se iluminó y vi al otro lado del cristal una especie de saloncito de las mismas dimensiones que mi cabina, con un sillón de terciopelo verde que evocaba la atmósfera enrarecida de un cuarto de estar. En seguida, unas cortinas del mismo color se separaron y apareció una mujer menuda, calzada hasta las rodillas con unas botas negras llenas de herrajes, y vestida con una bata de seda roja, muy ligera, por la que se transparentaba el tejido de su piel. Sus rasgos eran orientales y su lengua también, por lo que cuando se dirigió a mí a través de otra ranura practicada en un costado del cristal tuvimos alguna dificultad para entendernos.

Cuando finalmente alcanzamos un acuerdo, introduje por la ranura del cristal unos billetes de banco que ella recogió y guardó en la bota derecha. Después sacó de debajo del sillón verde un rollo de papel de los de cocina y me pasó un trozo. Inmediatamente, dejó que la bata resbalara a través de su cuerpo y se quedó desnuda, a excepción de las botas. Más que menuda, ahora lo advertí, era minúscula: al encogerse tenía el tamaño de su melena, que le llegaba a la cintura. El conjunto, en general, evocaba el interior de una casa de muñecas que yo ya había visto en un escaparate de mi infancia. La mujer se sentó en el sillón con las piernas abiertas y las manos en los bordes de su ranura orgánica, mostrándome una vulva afeitada que tenía también algo de juguete. Por un momento tuve la impresión de estar frente a un espectáculo de autómatas semejante a aquel al que me llevaba mi padre los domingos, al salir de misa. Aquellos muñecos, como la mujer oriental del tamaño de una niña que ahora se esforzaba en reproducir las leyes mecánicas de la masturbación, también estaban encerrados en pequeñas cajas con un tabique de cristal que los aislaba del espectador; y también se movían como si su alma estuviera en otra parte cada vez que mi padre introducía una moneda por la ranura abierta en un costado de la caja. Por si fuera poco, mi padre y yo los contemplábamos desde una penumbra como ésta desde la que ahora me bajaba los pantalones para envolver mi miembro universal en el papel de cocina que me había facilitado la muñeca china.

La excitación, como correspondía a mis magnitudes siderales, tardaba en llegar, pero entonces fui a hacer un gesto obsceno con la lengua, y, al rozarme el bigote, sentí una descarga en un punto de las constelaciones que me constituían. Supe entonces que ser universal consistía en ser otro, en ser el hombre del bigote, y no aquel Jesús aquejado de una conciencia individual en torno a la cual describía órbitas circulares la ansiedad. Comencé a llorar de gratitud universal mientras me masturbaba frente al escaparate mudo, y mis lágrimas resultaron tener una calidad atmosférica semejante a la de las gotas de lluvia que afuera mojaban las aceras. Todo estaba húmedo o mojado menos el coño de la muñeca oriental.

—Mójate —ordené.

Ella inclinó la cabeza y escupió en dirección a su sexo distribuyendo con los dedos la saliva; después me miró y dijo:

—Cerdo, cerdo europeo.

Pero lo dijo en un tono que lo mismo podía interpretarse como una provocación sexual que como un insulto. En todo caso, actuó como provocación, de manera que cerré los ojos y comprobé que el escaparate con la mujer oriental estaba ya dentro de mí, formando parte de una de mis constelaciones, de forma que, sin haber dejado de ser el hombre del bigote, en ese momento también era la mujer de la vulva afeitada.

Mi universalidad crecía en direcciones múltiples, como en aquella época remota en que al volver a casa de la mano de mi padre bajaba los párpados y veía de nuevo a los autómatas. Así, con los ojos todavía cerrados, mientras me masturbaba con la mano derecha, manteniendo en su sitio el papel de cocina con la izquierda, mis manos imaginarias, las de dentro, traspasaban ese escaparate, como tantos otros a lo largo de mi vida, y tocaban el fruto húmedo de aquella muñeca que en el interior de mi universo no precisaba, para mojarse, de la saliva de la boca. Tuve una eyaculación universal, y al abrir los ojos leí el desconcierto en la mirada de la muñeca china. Sonreí y ella envió la lengua fuera de la boca en lo que parecía un intento de seducción tardío.

Cuando salí, había dejado de llover, pero la calle estaba muy mojada y los edificios se habían oscurecido. La mayoría de las cosas tendían hacia el estado líquido. Acaricié el cuerpo de un semáforo y deposité el agua recogida entre los dedos sobre la superficie del bigote. Era la primera vez que salía a la calle con él puesto y tuve una impresión de estreno adolescente, como si lo que estrenara fuera la vida en lugar de la prótesis. Vi a una mujer sacudiendo una alfombra desde un balcón y me pareció también un juguete mecánico, una autómata, cuyos movimientos cesarían a los pocos minutos o los pocos años —desde una perspectiva universal no había diferencia—, cuando finalizara el impulso de la moneda en la ranura.

Cogí un autobús al azar, me senté y cerré los ojos para comprobar que también la mujer que sacudía la alfombra estaba dentro, como la cabina del sex-shop, las fachadas húmedas, o los semáforos. Tras recorrer una parte de mi universo interno comprobando que todo estaba bien, abrí los ojos y vi que a mi lado se había sentado un niño negro. Le miré con descaro la cabeza, en busca de una ranura, y al no hallarla pensé que quizá estuviera escondida bajo el rizado pelo.

Esa tarde, cuando llegué a casa con el bigote en el bolsillo, Laura se había cortado el pelo y me esperaba.

—He llevado a David al médico y me he cortado el pelo.

—Estás mejor así, más joven. ¿Y el niño?

—Unas anginas, nada. Se ha dormido al llegar, estaba agotado. Le he dicho a la asistenta que se fuera.

Me asomé al pasillo y comprobé que continuaba dotado de la inestabilidad geométrica de las dimensiones espirituales.

—Voy a cambiarme —dije.

Me dirigí obsesionado hacia el dormitorio, y, tras peinarlo un poco con los dedos, guardé el bigote en la caja fuerte. Luego me quité la chaqueta y atravesé de nuevo el pasillo, la obsesión, para asomarme al dormitorio de mi hijo, que dormía tranquilo. En esto, por el otro extremo de esa obsesión vi avanzar a Laura con el pelo cortado. El pasillo tenía puertas, como los de los sueños. Laura desapareció por la que daba a la cocina y fui tras ella, pero lo que vi al entrar fue la cabina del sex-shop. Estaba adquiriendo práctica en el manejo de mi universo y no me costó nada poner fuera la cabina que llevaba dentro.

—Enséñame la nuca —dije.

—¡Cómo estás! —exclamó ella sonriendo, pero se levantó la breve melena y me mostró el valle oscuro que tenía detrás de la cabeza. Lo contemplé con la avaricia de un observador desenfrenado y me di cuenta de que ese instante era como una caja llena de sorpresas. El instante se había abierto paso por alguna de las rendijas de mi percepción y me mostraba toda la riqueza intemporal que yo llevaba dentro. Curiosamente, lo inmaterial, el tiempo, se manifestaba como un objeto sólido, mientras que lo material, el pasillo, adquiría los contornos fantasmagóricos de una obsesión.

Laura llevaba un jersey de hilo muy ligero, cuyo escote tendía a desplazarse hacia los hombros. Hice avanzar un dedo inmaterial, con el gesto del que señala un punto sobre un mapa, y modifiqué la frontera del escote para observar la cinta blanca de la ropa interior que dividía el hombro. El cuerpo de ella se había convertido en un territorio cuyos accidentes geográficos parecían contener alguna respuesta esencial.

—Quítate el jersey —dije.

Su mirada expresó una resistencia fingida. Tenía que pedírselo otra vez.

—Quítatelo —repetí.

Ella se arrancó el jersey y yo contemplé el conjunto unos instantes. El sujetador parecía una segunda piel que tendía a desprenderse del cuerpo por la zona del encaje, como una cáscara orgánica bajo la que latía un fruto. Vi una mancha azulada en la parte visible de su pecho izquierdo.

—¿Qué es esto? —pregunté.

—Me lo hiciste ayer —dijo ella desde su boca abierta en aquella cabeza con el pelo cortado.

—¿Te hice más?

—Sí.

—Enséñamelos.

Laura bajó la copa del sujetador y me mostró otra marca.

—¿Hay más? —insistí.

—Sí, aquí —dijo ella señalando un punto debajo de la falda—. ¿Quieres verlo?

—Sí.

Laura se levantó la falda y separó un poco el encaje de las bragas para mostrar un punto del pubis donde había una marca de mis dientes. Me fijé en el calado del tejido y a través de él vi la mancha oscura bajo la que coloqué la vulva afeitada de la muñeca china.

—Y aquí detrás, también —añadió ella volviéndose para mostrarme el culo.

Entonces separé el fino tejido de las bragas hasta dar con la abertura o la rendija por la que se partía su cuerpo en dos e investigué con los dedos esa zona oscura, que ya no era la zona más oscura de la geografía de mi mujer, sino la del culo enlutado que había contemplado en la iglesia. Entre tanto, el cuerpo de ella había comenzado a arder y sus llamas entraban dentro de mí con la naturalidad con la que de mi cuerpo salían imágenes que conformaban arquitecturas inestables, construcciones proteicas, que deshacían y hacían la cocina, la iglesia, la cabina del sex-shop. Pero también el tiempo se rompía y el ejercicio amoroso se transformaba en un viaje en el que los dedos adquirían virtudes infantiles y los labios reconocían sabores remotos, cuyos registros, más que en la facultad de la memoria, se abrían en el tejido de la piel.

Todas las constelaciones que formaban parte de mi biografía trazaron las líneas imaginarias que dibujan las constelaciones y en esas líneas, además de mi rostro actual, estaba también el gesto del adolescente indeciso y la mirada viciosa del niño. El ejercicio, pues, tuvo de nuevo la calidad universal de un fenómeno atmosférico, de forma que, cuando tras la tempestad empezó a restablecerse la calma, pude observar que las cosas recuperaban una individualidad mezquina. Una sartén que había caído al suelo respiraba con disimulo a través de la rendija abierta en su mango, mientras que los vasos, detrás de la vitrina, aprovechaban el tamaño de su boca para repartir el tamaño de sus exhalaciones, de manera que el cristal del mueble no llegara a empañarse. A Laura se le había abierto en la boca una sonrisa individual, que utilizaba como movimiento táctico mientras ponía en orden las partes de la ropa interior que no le había arrancado.

También mi universo estuvo a punto de encogerse para formar un individuo, pero me acordé del bigote escondido en la caja fuerte y sentí su presencia en el labio, como esos miembros que después de amputados permanecen adheridos al cuerpo en forma de fantasma y duelen o se alegran con la intensidad de lo real. Bastó el recuerdo del bigote, pues, para que se regeneraran de inmediato los tejidos de mi atmósfera universal, desde la que contemplé el desconcierto satisfecho de Laura, que quizá sin darse cuenta también se estaba convirtiendo en otra. No obstante, su individualidad la empujaba hacia lo pequeño, quizá por eso dijo:

—Mañana es el funeral de tus padres, no te olvides.

Mis padres. Llevaban un año muertos, habían muerto en un incendio, pero en mis cómputos actuales todo aquello que en los últimos meses había sido un aullido silencioso de dolor era ya un suceso cósmico, tan ajeno al centro de mis intereses como una irregularidad en una uña del pie. Del cadáver de mi padre sólo recordaba el bigote, que había quedado intacto, y, del de mi madre, una sonrisa helada que ponía al descubierto una ligera irregularidad en los dientes superiores de la que yo también era portador. De ella había heredado eso, los dientes, y el miedo a no ser nada. Y aunque los dientes permanecían, según comprobé con una breve exploración lingual, el miedo se había disuelto y, de ser algo, era ya un polvo cósmico incapaz de concentrar sus efectos en un solo punto.

—El funeral —dije—, ya veremos.

—¿No vas a ir?

En ese momento se oyó la voz de David, que llamaba desde su habitación.

—Voy yo —dije.

Alcancé la puerta de la cocina, proyecté fuera el pasillo que llevaba dentro, y me dirigí por él a la habitación del niño. Acababa de despertarse y contempló con gratitud mi presencia.

—¿Cómo estás?

—Me duele la cabeza por dentro. Cuéntame un cuento de Olegario, el del bigote, pero de cuando se queda tonto.

Toqué la frente del niño y me pareció que estaba algo caliente, pero la confirmación de ese dato no produjo ningún movimiento emocional.

—Está bien —dije sentándome en el borde de la cama—. Recordarás que Olegario se casó con su hermana, que no le reconoció gracias al postizo.

—¿Qué es un postizo?

—Un hombre con bigote.

—¿Pero el postizo es todo o sólo el bigote?

—Al principio, el bigote, pero cuando lo llevas mucho tiempo puesto te olvidas de cómo eras antes y ya todo se vuelve artificial.

—Bueno, sigue.

—El caso —empecé a contar— es que Olegario se aburrió de ser siempre el mismo y un día abandonó a su hermana, volvió a aquella casa abandonada en las afueras del pueblo y se quitó el bigote para ser subnormal. Comenzó de nuevo a ir a la escuela y, como era muy tozudo, a base de forzar la memoria y de portarse bien consiguió terminar los estudios. De todos modos, en el pueblo seguían pensando que era un tonto, aunque él no se daba cuenta. Luego fue viendo cómo sus compañeros de estudios se ponían a trabajar mientras él permanecía ocioso en el interior de la casa abandonada, aunque, bueno, la verdad es que ocioso tampoco estaba todo el rato; lo que pasa es que se dedicaba al estudio de cosas raras, como, por ejemplo, el influjo de los eructos de los dinosaurios en el calentamiento de la Tierra y en la aparición del efecto invernadero. ¿Sabes lo que es el efecto invernadero?

—Claro.

—Imagínate que el eructo de un solo dinosaurio produce el mismo calor que el de tres millones de eructos humanos juntos o más, porque los dinosaurios se alimentaban de unas plantas que durante el proceso digestivo producían un gas que hacía mucho daño a la atmósfera. Olegario llegó a calcular el número de desodorantes en spray que había que consumir para provocar en la atmósfera un daño semejante al del eructo de un solo dinosaurio.

—Era muy listo.

—No, no, era tonto, por eso nadie se atrevía a darle trabajo. Es cierto que trabajó en una ferretería durante algún tiempo, pero le despidieron porque tardaba mucho en despachar: cada vez que vendía un destornillador le explicaba al cliente la ley de la palanca. ¿Sabes lo que es la ley de la palanca?

—Da lo mismo, sigue.

—Le gustaba la mecánica, los aparatos, pero lo que le volvía loco era explicar a los clientes el secreto de las cosas.

—¿Cuál es el secreto de las cosas?

—La ley de la palanca. ¿Quieres que te la explique?

—No, sigue.

—Al ser expulsado de la ferretería reflexionó mucho sobre sí mismo y llegó en seguida a la conclusión de que era subnormal, al menos si se comparaba con las personas de su edad, que a esas alturas de la vida tenían ya trabajos estables y estaban casados y tenían hijos. Él era tratado en todas partes con simpatía, pero con esa clase de simpatía o de bondad que se usa con los tontos. Entonces decidió que emigraría a una ciudad donde su defecto no fuera conocido pensando que le bastaría con disimular para que nadie se diera cuenta: nada de dinosaurios, ni de eructos, ni de conferencias sobre la ley de la palanca. Alquiló en esa ciudad una habitación y se dedicó a observar a la gente normal para imitarla. Llevaba siempre en el bolsillo un cuaderno en el que tomaba nota de las frases que escuchaba y que le parecían especialmente útiles para ocultar su condición. Luego, por la noche, en la habitación, las memorizaba pronunciándolas frente al espejo imitando los gestos de los otros. Aprendió a cruzar las piernas cada vez que decía algo importante y a levantar las cejas de este modo cuando fingía no haber escuchado bien alguna cosa. Pasado un mes consideró que estaba listo. Entonces se puso un traje azul, una corbata roja, y salió en busca de trabajo. Se quedó con uno que consistía en vender enciclopedias a domicilio.

Llamaba a las puertas de todas las casas y como disimulaba muy bien que era tonto consiguió vender muchas enciclopedias y ganar mucho dinero. Entonces empezó a salir con una chica normal que nunca llegó a darse cuenta de que era tonto.

—Disimulaba muy bien, ¿eh?

—Muy bien, hijo. Pero la verdad es que Olegario comenzó a cansarse pronto de esta vida. Es cierto que ganaba dinero y que su novia era muy guapa, aunque no tanto como su hermana, y que sus jefes le apreciaban, pero a él lo que le apetecía de verdad era ser tonto para dedicarse al estudio de los eructos de los dinosaurios y a la explicación de la ley de la palanca. Así que decidió abandonarlo todo y regresar al pueblo. Su jefe no podía entenderlo y no hacía más que preguntarle si quería que le subiera el sueldo o qué. Entonces Olegario le confesó que era tonto, pero que lo había disimulado para llevar una vida normal. Al principio el jefe no se lo creía, pero cuando vio lo tozudo que se ponía Olegario le dijo: «Usted es tonto. Pida la cuenta y lárguese de aquí». Su novia, horrorizada, le abandonó cuando se enteró de que había estado saliendo con un subnormal, y Olegario, feliz porque había recuperado su verdadera identidad, se dedicó al estudio de las tormentas.

—¿Entonces volvió al pueblo?

—Eso te lo contaré otro día. Ahora, a dormir.

—Dime nada más qué pasó cuando volvió.

—Resulta que su hermana había tenido una hija, porque, aunque él no lo sabía, cuando se marchó del pueblo la había dejado embarazada. Como había pasado tanto tiempo, la hija era ya una joven muy guapa con la que se querían casar todos los muchachos del pueblo.

—¿Qué más?

—Otro día. Ahora cierra los ojos y a dormir.

Al día siguiente no fui al funeral de mis padres. En lugar de eso, me coloqué el bigote y di vueltas por las calles cercanas a la iglesia tocándome con la punta de la lengua la irregularidad de los dientes heredada de mi madre. Mi pensamiento cósmico me indicaba que la coincidencia entre el funeral y el despido tenía un significado al que debía dar una respuesta que no tardó en llegar: abriría una cuenta con el dinero de la indemnización y alquilaría un apartamento para pasar en él las horas que antes pasaba en la oficina.

Conseguí un apartamento amueblado en el mismo edificio del sex-shop en el que trabajaba la mujer oriental y metí el dinero de la indemnización en un banco que había en la acera de enfrente. A mi mujer le dije que habían cambiado todos los teléfonos de la oficina, porque habían automatizado la centralita, y le di el del apartamento. Por las mañanas, salía a la hora de siempre, me ponía el bigote al doblar la esquina de mi casa y ya no me lo quitaba hasta que regresaba a media tarde. Del mismo modo que antes iba andando hasta la oficina, porque estaba cerca, ahora paseaba hasta el apartamento. Normalmente, me acostaba nada más llegar y dormía hasta la mitad de la mañana, disfrutando con aquellos sueños extemporáneos que parecían ir construyendo poco a poco un mensaje.

Una vez establecida esta rutina, el apartamento, más que un refugio, comenzó a ser un centro de operaciones desde el que se iba planificando mi futuro. Conservé algunas de las costumbres de la oficina, como la de leer, después de dormir, todos los periódicos, también los económicos, sólo que ahora los leía enteros, incluidos los anuncios por palabras, las cartas al director y la relación de los fallecidos el día anterior en la ciudad. Dedicaba horas a esta tarea, de manera que también el periódico fue convirtiéndose en un territorio emocionante: bajo sus secciones más breves, lo mismo que debajo de la ropa interior de Laura, se abrían rendijas por las que al asomarme con un solo ojo veía confusamente objetos que conformaban nuevos universos. Cuando la lectura de la prensa había llegado a producirme la excitación deseada, bajaba al sex-shop y reclamaba a la mujer oriental de la vulva afeitada, con la que intercambiaba billetes y papel de cocina a través de la rendija abierta en el cristal del escaparate. Ella siempre me llamaba cerdo europeo al alcanzar el clímax y a mí me gustaba.

Una mañana, sin embargo, al llegar al apartamento me sentí un poco desalentado y fui al espejo del cuarto de baño para ver qué pasaba: una parte del bigote se había desprendido sobre la comisura izquierda, y el aspecto general del postizo era de deterioro. Intenté colocarlo y peinarlo, pero el pegamento había perdido eficacia y los pelos se resistían a regresar a sus posiciones originales.

Lo guardé en el bolsillo, bajé a la calle y tomé en la puerta del sex-shop un taxi con el que llegué en seguida al centro comercial de lujo en el que estaba mi peluquería. Al entrar en aquel universo de toallas y batas blancas tuve, de súbito, la impresión de haber llegado a un universo desconocido. Nunca había ido por la mañana a la peluquería y me pareció que el establecimiento tenía a estas horas una dimensión diferente.

Mientras unas manos expertas me daban un masaje en la zona del cuero cabelludo por donde había comenzado a quedarme calvo, contemplé el ir y venir de las chicas jóvenes de bata blanca bajo cuyo tejido se adivinaban, en un espesamiento excitante, los breves fragmentos de la ropa interior, y comprendí que allí debajo se ocultaba la realidad del mismo modo que detrás de los anuncios por palabras o de las esquelas se escondía el universo. La peluquería no era más que la excusa, igual que en los periódicos las noticias no eran más que el pretexto. Escudriñé a través del espejo que tenía delante cada rincón del local fijándome especialmente en la zona donde una gran mampara de cristal dividía la zona masculina de la femenina; por entre las rendijas de sus paneles vi melenas y toallas sobre hombros desnudos y escuché risas que venían de un lado de la vida en el que no recordaba haber estado antes.

Respiré el aire y olía a sexo, a dinero y a sexo, como la rendija de la hucha de mi hijo. Y a jabón. Una muchacha se ofreció a hacerme las manos y acepté. Nunca antes me había permitido un exceso de esta clase: mis ambiciones se habían colmado con la conciencia de acudir a una peluquería cara. Pero ahora necesitaba que me hicieran las manos porque estaba a punto de comprender que mi cuerpo existía para que tuvieran lugar las uñas, del mismo modo que los periódicos se editaban para las secciones pequeñas. La chica del masaje terminó y en seguida llegó el peluquero que me atendía normalmente. Junto a él, a la derecha, sobre un taburete, continuaba la manicura ocupándose de mis dedos universales. A veces los masajeaba, pero a mí me parecían caricias. Era rubia y tan menuda como la mujer oriental del sex-shop o los autómatas que veía con mi padre al salir de la iglesia. La bata, muy corta, tenía un escote en pico que dejaba ver la membrana calada del sujetador.

—¿Le hago daño? —me preguntaba al retirarme las cutículas.

Pensé que la realidad existía sólo para contener a esa chica, que, curiosamente, como mis uñas o las cartas al director de los periódicos, formaba parte de la periferia de la vida. La periferia es el centro, pensé, al tiempo que cerraba los ojos para comprobar que la chica estaba ya dentro de mí: la vi, efectivamente encogida sobre sí misma, y la obligué a moverse por el pasillo que también llevaba dentro. En la penumbra del pasillo su bata brillaba como el abdomen de una luciérnaga, igual que su melena rubia.

—¿Le hago daño?

—No.

El peluquero, entre tanto, llevaba algún tiempo reprochándome que descuidara tanto mi cabeza.

—Ha continuado perdiendo pelo por aquí —dijo—. O le damos los masajes con mayor frecuencia para activar la circulación o en un año está completamente calvo.

—He tenido varios viajes este mes, mucho trabajo.

Cuando la manicura terminó de arreglarme las manos y se retiró, saqué del bolsillo de la chaqueta el bigote y se lo mostré al peluquero. Dije:

—Mire qué desastre. Además se desprende del lado izquierdo.

El peluquero lo tomó entre sus manos e hizo un gesto de dolor, como si contemplara a un pequeño animal agonizante.

—¿Con qué lo lava?

—No me advirtió que había que lavarlo.

—Un bigote, como una peluca, es algo en permanente evolución. Hay que cuidarlo igual que se cuidan las uñas o el cuero cabelludo. Yo le recomendaré un champú especial. Perdóneme un momento, voy a decir que lo restauren.

El peluquero llevaba también un uniforme blanco lleno de complicaciones y solapas que señalaban su superior jerarquía. Mientras se alejaba en dirección a la parte femenina del establecimiento, vi a través del espejo que había empezado a perder pelo por el mismo lugar por el que yo me había quedado calvo. Luego, observando a través del reflejo una zona a la que no había prestado atención descubrí la rendija de una puerta que no fui capaz de situar en el espacio. A través de la pequeña abertura se veía una especie de camilla sobre la que reposaba una mujer de pelo corto con una mascarilla verde; una muchacha de bata blanca estaba depilándole las ingles, o quizá la vulva. De súbito, alguien advirtió la existencia de la rendija y la puerta se cerró con la moderación de un parpadeo.

El peluquero regresó en seguida y se puso a trabajar otra vez sobre mi cabeza.

—Quería preguntarle una cosa —dije.

—Usted dirá.

—¿De dónde sacan el pelo para hacer los postizos?

El peluquero me sonrió a través del espejo.

—Tenemos que llevar cuidado con eso; a muchos clientes les dan asco los restos orgánicos, aunque los necesiten. ¿Le pasa a usted también?

—No, mi mujer anda todo el día entre restos orgánicos, es forense, y me cuenta las autopsias durante la cena. Es por curiosidad.

—Algunos clientes, las mujeres sobre todo, creen que los pelos para los postizos se sacan de los cadáveres, pero no es cierto. Hay gente que vende su pelo igual que otros venden su sangre. Se asombraría de las cifras que mueve ese mercado. Ahora llega mucho pelo del sureste asiático, pero a mí no me gusta, hay que tratarlo para que adquiera la textura europea.

Me acordé de la vulva afeitada de la mujer oriental.

—¿También se comercializa el pelo púbico?

El peluquero sonrió en dirección a mi imagen en el espejo.

—No, es muy ralo; nunca recibe la luz del sol. No es bueno. De hecho, no se llama pelo, aunque sea muy largo, sino vello. Nosotros cuidamos mucho la procedencia de la materia prima. Compramos en los mejores mercados y, además, tenemos muchas donaciones.

—¿Donaciones de pelo?

—Sí, sobre todo de señoras que deciden cortarse una melena que han cuidado durante muchos años y no les apetece que se vaya a la basura. Les hace ilusión pensar que su pelo ha sido útil para alguien. Ahora, con la quimioterapia, hay muchas mujeres calvas.

—¿Y mi bigote? ¿De dónde ha salido mi bigote?

—¿Quiere saberlo de verdad?

—Sí.

El peluquero cambió las tijeras con las que estaba trabajando mientras sonreía con malicia. Después se inclinó sobre mí con gesto confidencial.

—Su bigote lo hemos hecho con el pelo de una bruja. Precisamente la tenemos hoy aquí. Ha venido a hacerse la cara y a depilarse las piernas. De paso, me ha echado las cartas porque vamos a abrir una sucursal. Consérveme el secreto.

—¿Una bruja?

—Bueno, vidente o astróloga, no sé. Tuvo un programa en televisión, es muy famosa. Beatriz Samaritas. ¿No ha oído hablar de ella?

—No.

—Tenía una melena que le llegaba a la cintura, más negra que el asfalto. Se la cortó para renovarse y nos la cedió. Hemos sacado tres pelucas.

—¿Y bigotes?

—Bigotes, sólo uno, el suyo. Dio la casualidad de que usted lo encargó el mismo día que le cortamos la melena y aprovechamos los recortes. Bigotes nos encargan muy pocos, pero nos esmeramos.

—¿Beatriz qué?

—Samaritas, Beatriz Samaritas. ¿Quiere que se la presente? Está en aquella cabina.

El peluquero señaló el punto del espejo donde yo había visto a una mujer en una camilla. Comprendí entonces que aquel reflejo procedía a su vez de otro, de ahí las dificultades para situar la puerta en el espacio.

—¿Le apetece conocerla? —insistió—. Ella estaría encantada.

Yo dudé unos segundos.

—No, ahora no, pero consígame una tarjeta suya.

Regresé al apartamento con el bigote restaurado y guardado dentro de un estuche negro como el de las armónicas o el de los cadáveres. Llevaba, además, un champú especial para su cuidado y una tarjeta en la que leí: Beatriz Samaritas, psicoastróloga, quiromancia, astrología, tarot.

Estaba excitado por la tentación de telefonear a la bruja para pedirle hora, pero decidí dejar que el deseo creciera hasta alcanzar una dimensión universal. Al colocarme el bigote, el salón de la peluquería se iluminó dentro de mi cabeza y volvió a abrirse la rendija, la rendija por la que había visto a Beatriz Samaritas con una mascarilla verde ocultándole el rostro. Sus piernas. La peluquería, desde el recuerdo, parecía una versión bastante ajustada del paraíso: estaba llena de melenas y escotes y de toallas limpias, y el vapor producido por el agua caliente contenía partículas de sexo perfumadas. Leí el prospecto del champú especial para postizos y me pareció que su contenido era tan inquietante como un buen anuncio por palabras, al menos si se ignoraba que sólo servía para el cuidado de naturalezas muertas. Decidí que lo usaría también para lavarme la cabeza.

Dedíqué los días que siguieron a reforzar la rutina anterior. Estaba a la espera de algo y sabía que no podría detectarlo cuando llegara si ese algo no interrumpía algún tipo de orden preestablecido. Al llegar por las mañanas al apartamento, pues, abandonaba los periódicos en el salón y me metía en la cama. Así, mientras la vida se ponía en movimiento en los apartamentos vecinos, yo me aventuraba durante dos o tres horas en los sueños de otro, porque los soñaba con el bigote puesto. Al despertar, permanecía todavía un rato entre las sábanas reuniendo los fragmentos de aquellas aventuras y disfrutando de una pereza universal en la que estaban implicadas las zonas más remotas de mi cuerpo. Después me daba un baño, o me duchaba, según el tiempo que hubiera dedicado a la pereza, y me lavaba minuciosamente el pelo con el champú del bigote, como si obedeciera alguna prescripción médica.

Lo curioso es que el pelo me empezó a crecer allí donde lo había perdido. Al principio contemplé el fenómeno con un gesto de incredulidad universal, pero a medida que me asomaba al espejo y veía que de la pelusilla aparecida tras los primeros lavados empezaban a destacarse verdaderos cabellos, comprendí que el champú del bigote tenía propiedades mágicas. De manera, pues, que empezaban a suceder algunas de las cosas para las que había creado aquella férrea aunque dulce rutina. Es cierto que no pasaba de ser un suceso capilar, periférico, pero constituía sin duda el anuncio de otros advenimientos que quizá se manifestaran de forma más sutil.

Después del baño o de la ducha me enfrascaba en la lectura de los anuncios por palabras y de las esquelas con la mirada alerta y desconfiada del que recorre la periferia de una ciudad desconocida. Los suburbios del periódico evocaban los míos, aquéllos de los que procedía. Desde ellos se podía alcanzar el centro si te aprendías bien las reglas del juego. Yo había alcanzado el centro, aunque ahora estuviese fuera provisionalmente. Me metía, pues, entre los anuncios por palabras con la misma pasión e idéntico celo observador con el que en otro tiempo había recorrido las calles de mi barrio, que siempre iban a dar al mismo descampado. Aquello parecía no tener salida, y lo cierto es que la mayoría de la gente se quedó dentro. Yo, sin embargo, cada vez que llegaba al descampado volvía atrás y rehacía el camino con la fe ciega de que en una de esas, al dar la vuelta a la esquina de siempre, se abriera ante mí la Quinta Avenida, por ejemplo, de Nueva York. De hecho, se abrió. La última vez que estuve en Nueva York por razones de trabajo, mi instinto periférico me condujo a una calle muy parecida a la de mi infancia: los ojos desesperados de los transeúntes competían con la oscura mirada de las ventanas que, como agujeros, se abrían en las fachadas de los edificios. El empedrado estaba roto y la piel de la gente levantada. Empezaba a atardecer y tuve miedo porque sabía que esas calles no conducían más que a descampados donde la supervivencia se establecía en competencia con las ratas. Entonces alguien se acercó para pedirme dinero en castellano y, gracias a un reflejo antiguo, me hice el tonto, el subnormal, con la rapidez con que algunos animales se hacen el muerto para desanimar a su depredador. El mío se alejó en seguida, aunque no dejó de observarme un rato desde lejos, pues sospechaba del atuendo, que no correspondía al de un subnormal de aquellos barrios. Finalmente, una de las calles por las que entré al azar me devolvió milagrosamente al centro y de súbito comprendí de nuevo que me encontraba en Nueva York y que ya era un adulto. Mi calle, finalmente, la de mi infancia, me había conducido hasta Manhattan porque no me rendí. Ahora ya no necesitaba negar aquellos barrios, ni negarme, porque ellos, como los anuncios por palabras o las esquelas, eran los suburbios de un universo y, vistas las cosas desde una perspectiva universal, eran tan importantes como las uñas de los pies o el desierto de la espalda. Encontrando la puerta adecuada, se alcanzaba el pecho. La Quinta Avenida.

Llevaba siempre a mano, como un delincuente una pistola, el número de teléfono de Beatriz Samaritas, pero aún no lo usaba porque mi instinto me decía que no había llegado el momento. Sin embargo, pensaba mucho en ella, en sus largas piernas tendidas sobre la camilla de depilar y en la mascarilla verde tras la que se ocultaba su rostro de adivina. Y mientras evocaba la imagen de Beatriz, me acariciaba con la punta de la lengua el bigote hecho con sus pelos, hurgando sobre todo en la frontera con la carnosidad del labio; entonces se me aparecía la nuca desnuda, aunque oscura, de Laura y la vulva luminosa de la mujer oriental del sex-shop. Cuando ya no podía más, bajaba al establecimiento venéreo, que tenía el horario continuado de las grandes superficies, y jugaba con la miniatura china, cuyos movimientos, gracias a mis instrucciones y a mi paciencia, iban pareciéndose cada vez más a los de los autómatas de mi infancia, el único espectáculo ante el que había visto fascinarse a mi padre. Además de obtener de ella movimientos mecánicos excelentemente simulados, conseguí que se transformara sucesivamente en perra, rata, serpiente, escarabajo y tortuga, entre otros animales dotados de un sexo universal. Uno de los pocos animales que nunca le pedí interpretar fue el cerdo, porque ese papel lo reservaba para mí: había un pacto implícito según el cual, cuando el juego alcanzaba un límite determinado, ella se volvía hacia el lado del escaparate donde permanecía yo y me gritaba:

—¡Cerdo europeo!

Entonces yo eyaculaba universalmente sobre el papel de cocina incluido en el precio, y antes de salir arrojaba el paquete a un cubo que contenía agua o quizá, por el olor, algún líquido desinfectante.

Por lo general, comía en el apartamento, cuya cocina había ido llenando de provisiones poco a poco, mientras me dejaba acompañar del ruido de la televisión, aunque no la miraba. Dedicaba este tiempo a imaginar las aventuras incestuosas de Olegario, el hombre del bigote, que luego contaba a mi hijo. Efectivamente, la hermana de Olegario había tenido una hija de él que creció muy deprisa, convirtiéndose en la joven más hermosa del lugar. En seguida, comenzó a sufrir el acoso de innumerables pretendientes, igual que su madre en otro tiempo, pero ella los rechazaba a todos, como si esperara a alguien de cuya llegada estuviera segura. Y el que llegó, claro, fue Olegario, que se había cansado de vender enciclopedias en la ciudad y había decidido colocarse el bigote para regresar. La joven le concedió su mano y se casaron con gran ceremonia.

Dos veces a la semana comía fuera del apartamento, para no perder el contacto con los restaurantes caros, una de las conquistas más importantes de mi vida laboral. Aquel día fui a uno italiano situado en el mismo centro comercial de la peluquería. Las mesas estaban ocupadas por ejecutivos, aunque también había mujeres envueltas en papel de regalo. Comí concienzudamente, tomando nota de todo, y al final, para mostrar desenvoltura, le pedí al maître la receta de la tarta de queso. Al pagar, fui agraciado con un viaje a Madeira para dos personas en un sorteo electrónico patrocinado por la tarjeta de crédito.

Regresé al apartamento excitado por este golpe de suerte que parecía una nueva señal. Al principio ni siquiera pensé en hacer el viaje, sobre todo porque no sabía lo que era Madeira, aparte de una isla, pero esa noche, cuando después de que se durmiera David vi en la enciclopedia qué clase de isla, me pareció que se trataba de un lugar irreal, o mejor aún, autobiográfico, pues la historia de la isla y la mía eran muy parecidas. Laura me sorprendió con la cabeza inclinada sobre el libro y reparó en los pelos que habían comenzado a repoblar mi coronilla.

—No puede ser —dijo—. Te está creciendo el pelo por la coronilla.

—Es una prótesis —respondí levantando la cabeza de la isla.

Ella se puso a mi lado y me tiró del cabello hasta lograr que me quejara.

—Quería decir una metástasis —dije acordándome de la vulva afeitada de la mujer oriental: la vulva de ella, la nuca de Laura y mi cuero cabelludo parecían el mismo territorio bajo condiciones atmosféricas diferentes. Igual que Madeira, que debía su nombre a una densa cobertura forestal actualmente desaparecida. ¿Se trataba acaso de una isla afeitada? Su clima, distinto a su vez al de la nuca de Laura y al de la vulva del escaparate, resultaba curioso, aunque lo más llamativo era el techo de nubes que a modo de espejo, o de amenaza, permanecía sobre la isla algunos meses del año. La idea de la isla afeitada, asociada a los demás territorios orgánicos, me excitó, de manera que metí la mano por debajo de la falda de Laura con la impresión de buscar algo que me había dejado allí en una edad remota.

—¿Qué mirabas? —preguntó ella.

—Si mueves un poco el culo te lo digo.

Laura movió el culo y yo, sin dejar de explorarla, le conté que estaba recopilando algunos datos de población sobre Madeira, donde mi empresa pensaba montar una fábrica de papel y a donde tendría que viajar en breve para estudiar sobre el terreno sus recursos humanos.

—Se trata de una isla volcánica, como yo, y está afeitada, como tu nuca —añadí.

—Si está afeitada, ¿de dónde vais a sacar la madera para el papel?

—Ya veremos. Mueve el culo un poco más. Así.

Aparté un poco las bragas y continué buscando lo que había perdido. Ella se había agachado un poco y apoyando los codos en la enciclopedia movió la lengua fuera de la boca, en dirección a una fotografía de la isla, como si señalara algo. Sus pechos, por debajo del suéter, entregaron todo su peso a los caprichos de la gravedad.

—¿Por qué me quieres? —pregunté.

—Sigue —dijo ella intentando atrapar mis dedos entre los bordes de su vulva.

Continué manipulando sus bragas, como si en aquel tejido estuviera escrito algo húmedo que me concerniera. Laura tuvo un par de explosiones y me pidió que la llevara al dormitorio. Entonces, proyecté fuera el pasillo que llevaba dentro y atravesándolo a través de unas brumas muy parecidas a las que atacaban a Madeira la conduje a la habitación. Ella se metió en la cama y a mí me pareció que no quería más, de manera que puse bajo control mi excitación y me acerqué al cuarto de David para comprobar que dormía tranquilo. De todos modos, después de acariciarle brevemente, tomé la hucha de la estantería y olí el sexo de la ranura metálica. Pero mientras hacía todo esto, mi pensamiento estaba en Madeira, que por lo visto tenía la forma de un riñón y una gran variedad de plantas hepáticas, aunque carecía de playas y mamíferos. Según la enciclopedia, la isla era la cumbre de un volcán profundamente sumergido en el océano, y estaba atravesada de oeste a este por una elevada cordillera cortada por barrancos profundos que daban al paisaje un aspecto irreal o fantástico, muy atrevido en cualquier caso, igual que yo cuando me ponía el bigote. Tres días enteros, pensé, con el bigote puesto las veinticuatro horas junto a aquellas costas acantiladas y fragosas. El interior estaba deshabitado; los caseríos y las villas se agrupaban en el litoral, junto a los desagües de los barrancos. Más que una isla, parecía una metáfora.

Cuando regresé al dormitorio, Laura se burló afectuosamente de mí:

—Tienes el síndrome de los padres mayores —dijo—: creen que sus hijos pueden evaporarse o algo así y necesitan verlos cada poco.

Yo sonreí condescendiente mientras procedía a desnudarme. Dije:

—Ahora todos los padres son un poco mayores.

Me metí en la cama desnudo y Laura, abrazándose en seguida a mí, preguntó:

—¿Y tú? ¿Por qué me quieres tú?

Yo cerré los ojos para viajar a Madeira al tiempo que preparaba una respuesta. Entonces vi dentro de mí una puerta pequeña con todo el aspecto de no haber sido nunca abierta. Tras apartar las telarañas, empujé la hoja para ver qué había al otro lado y de súbito supe que estaba muerto. Además de subnormal, muerto.

—Te quiero —dije— por tu profesión. Analizas cuerpos, hígados, riñones sin vida, cadáveres o pedazos de cadáveres. Y te gusta.

—Sí —dijo ella con malicia.

—Por eso me quieres, porque estoy muerto, acabo de acordarme.

—¿Cómo es eso?

Sin dejar de aparentar que estaba fuera, junto a Laura, continuaba investigando dentro, en el recinto húmedo al que me había conducido la puerta que había estado tanto tiempo sin abrir, y a través del cual llegué en seguida al portal húmedo de la casa de mi infancia. En resumen, lo que sucedió en aquella época remota fue lo siguiente: en el piso contiguo al nuestro vivían dos hermanas solteras que tenían más o menos la misma edad y el mismo tamaño, además de idénticos vestidos. Sin ser gemelas, eran prácticamente iguales gracias a ese complicado proceso por el que uno llega a convertirse en lo que más odia. Sin embargo, sus caracteres eran opuestos: cada vez que conquistaban un territorio orgánico que acentuaba su semejanza, cada una de ellas clavaba en él la bandera de un rasgo de carácter diferente. Eran la demostración de que el veneno y el perfume pueden servirse en envases idénticos, y contradecían la creencia general de que la cara es el espejo de alma: una era buena, en fin, y la otra mala, pero cuando yo las veía por separado, en la escalera húmeda o en la calle rota, tardaba un rato en distinguir si me encontraba frente a Emérita —la buena—, o frente a Paca —la mala—. De manera que cuando jugaba en el portal de la casa y veía bajar a una de ellas por las escaleras, solía hacer una apuesta interior: «Es Paca, me juego tres padrenuestros»; o bien: «Es Emérita, me juego tres avemarías». Con Paca siempre apostaba padrenuestros, mientras que con Emérita me jugaba avemarías, quizá porque el padrenuestro me parecía una oración severa frente a la dulzura del avemaría. Lo cierto es que a medida que el tiempo pasaba las oraciones empezaron a parecerme poca cosa, de manera que fui aumentando el valor de las apuestas hasta que un día me jugué la vida: bajaba una de las hermanas por aquellas escaleras de las que quizá no he salido, y yo, que estaba en el portal jugando con una caja de zapatos en la que había practicado una ranura, me dije: «Es Emérita, me juego la vida». Luego esperé con cara de idiota y con un nudo en el cuello a que se acercara, y al llegar a mi altura le dio una patada a la caja y dijo:

—Aparta de ahí, imbécil, siempre estás molestando.

Era Paca y yo estaba muerto. Por eso también me crece el pelo, porque a los muertos continúa creciéndoles durante una temporada, sobre todo si han comido mucha cebolla, y en casa se comía mucha cebolla. Entonces te quiero por eso, Laura, porque a lo más que puede aspirar un muerto es a casarse con una forense que le haga una autopsia cada día. Es lo mismo que casar a un roto con un descosido. Pero la historia de Paca y Emérita no acaba ahí. En fin, para un niño como yo, que había hecho de la mirada la principal fuente de información sobre la realidad, el espectáculo de las hermanas tenía la fascinación del horror. A veces, desde la ventana de mi cuarto, escondido tras los renglones de la persiana como un ladrón de imágenes, veía tender la ropa a una de ellas y no lograba, ya digo, averiguar si se trataba de una o de la otra. Y en esa indefinición, pienso ahora, leía la falta de indefinición del mundo, del que no sabemos si es bueno o malo hasta que nos acaricia o nos destroza, en cualquier caso, siempre demasiado tarde. Así yo, cuando me encontraba con una de las dos hermanas, ignoraba quién era hasta que me pasaba la mano dulcemente por el pelo o me escupía alguna obscenidad. De no ser porque en más de una ocasión las había visto juntas, habría llegado a pensar que se trataba de un solo cuerpo con dos identidades diferentes. El horror, quizá, residía en aquella neutralidad aparente, que es también la neutralidad de que se disfraza la vida para asestarnos sus golpes más brutales. Al poco, en fin, de aquella apuesta en la que perdí la vida, un día, al volver del colegio, vi en el portal un cartel del tamaño de una esquela que anunciaba el fallecimiento de Emérita, la buena. Al subir a casa, mi padre estaba haciendo los comentarios que se suelen hacer frente a cualquier muerte inesperada, pero mi madre, de súbito, introdujo en la conversación un golpe de humor que también era un deseo. A lo mejor, dijo, como son tan iguales, se han equivocado y la muerta es Paca. Yo me aferré a esta posibilidad porque me resultaba insoportable la idea de que en el futuro sólo la mujer mala estuviera presente en mi escalera. Era como imaginar un destino en el que la existencia sólo mostrara su lado más amargo. La alternancia de la mala y la buena había simbolizado hasta entonces la periodicidad o el ritmo con que se gana o se pierde, que es aproximadamente el mismo con el que las cosas salen bien o mal, de ahí que la desaparición del extremo amable de esa sucesión azarosa me pareciera una condena.

Mis padres decidieron atravesar el descansillo de la escalera para darle el pésame a la hermana viva, y yo me pegué a ellos dotado de esa invisibilidad que adquieren los niños cuando les conviene. Abrió la puerta Paca, claro, la viva, y nos atendió en el descansillo, sin invitarnos a entrar. Mis padres dijeron las cosas habituales y después fingieron interesarse por las circunstancias del fallecimiento. Pero yo prestaba muy poca atención a todo eso: sólo esperaba que mi madre preguntara al fin si estaba segura de que la fallecida había sido Emérita y no la que nos atendía en ese instante. Incomprensiblemente, el tiempo pasaba sin que se llegara a plantear esta cuestión decisiva para mi futuro. Finalmente, cuando comprendí que no harían nada por despejar aquella incógnita, yo mismo hice la pregunta:

—¿Y están seguras de que la fallecida ha sido Emérita?

En seguida recibí un bofetón que me nubló la vista, mi órgano más preciado. Temí haber entrado en una mala racha que quizá durase ya toda la vida, pero no fue así; desde entonces, cada vez que, escondido tras la persiana de mi habitación, veía a Paca, la contemplaba con la extrañeza morbosa con que contemplamos sin ser vistos un cadáver. Al fin y al cabo, también yo estaba muerto y convenía que me familiarizara con la gente de ese reino. Por eso, al cruzarme con ella en la escalera húmeda o en la calle rota, intentaba convencerme de que me cruzaba con una muerta.

Y no sé si fue obra mía o de la vida, pero el caso es que Paca comenzó a morir de verdad y de aquel cuerpo fue brotando poco a poco Emérita, la buena, en un proceso lento, pero visible, que ocupaba también la atención de los mayores.

—Desde que murió Emérita —decía mi madre—, Paca ha cambiado, intenta ser más amable. Debe de encontrarse muy sola.

Pero yo sabía que no era eso, sino que, como se parecían tanto, la muerte se había equivocado al elegir a Emérita y ahora estaba reparando su error con el mayor de los sigilos. Supe que aquel proceso de muerte y resurrección se había completado un día que coincidimos los dos solos en el portal y, en lugar de darle una patada a la caja de zapatos, me pasó la mano por el pelo, a modo de caricia, como solía hacer Emérita, mientras intercambiábamos una mirada de complicidad con la que veníamos a decir que ella y yo sabíamos.

En cuanto a mí, quizá empezara a hacerme el tonto, el subnormal, para que la muerte pasara de largo cuando viniera a cobrarse la apuesta. Lo que no sé es si pasó o si dentro de mí comenzó a crecer otro, como en el cuerpo de Paca, que conservando mis facciones no era, sin embargo, yo. Porque, ahora que lo pienso, el subnormal apareció más tarde, cuando llegaron de otros barrios palabras como personalidad, yo no entendía qué era aquello de tener personalidad, aún no lo entiendo.

Me volví y comprobé que Laura se había dormido. Entonces, abandoné el recinto de dentro a través de la puerta por la que había entrado en él y empecé a soñar con Madeira, cuyas fuerzas plutónicas, según la enciclopedia, se hallaban en reposo, no observándose en ningún punto de su suelo columnas de humo ni fuentes termales ni cráteres en actividad. El clima era benigno, y el océano que la rodeaba la saturaba de vapores todo el año.

Al día siguiente, me incorporé de la cama con la agilidad de un cadáver, y mientras me afeitaba para colocarme el bigote, consideré seriamente la posibilidad de estar muerto, de llevar muerto, en fin, cuarenta años sin haber reparado en tal circunstancia, del mismo modo que había olvidado que era subnormal hasta que me echaron de la empresa. En ese caso, sería un muerto universal, lo que sin duda ampliaba mi ámbito de actuación, porque dentro de un muerto cabían más cosas que en el interior de un vivo. Así, si cerraba los ojos, no sólo veía la partitura formada por los bancos de la iglesia, donde bailaba la nota musical formada por el culo redondo de mi madre, sino también el escaparate de la mujer oriental, y el portal oscuro de mi casa, y la calle. También la calle estaba dentro, y el pasillo y los autómatas. Un muerto podía crecer a voluntad, expandiéndose como el humo e introduciendo islas y continentes en la caja cadavérica.

Cuando llegué al apartamento, me eché sin desnudar sobre la cama y pensé en Madeira, pero también en Beatriz Samaritas, la bruja de cuyo pelo procedía mi bigote, y en la mujer oriental y en los anuncios por palabras. Por dónde empezar. El apartamento estaba frío y las sábanas húmedas, como si se hubieran contagiado de los vapores de Madeira o del sudor de las paredes del portal de mi casa. Ahora todo estaba cerca, porque todo estaba dentro de mí. La realidad no era sino una región del cuerpo, quizá del pensamiento; podía actuar sobre ella como sobre las uñas o el cabello. Podía amputarme de realidad si quería o lo consideraba conveniente. Bastaba con cortar aquí o allá, donde doliera. Entonces sentí una pequeña molestia en una muela y al ir a acariciar la zona dolorida con la punta de la lengua me pareció que la encía que tocaba era la de mi madre: llevaba un año muerta y sin embargo su encía continuaba allí formando parte de mi boca, quizá los cuerpos de los muertos intercambian órganos y se mezclan entre sí de un modo diferente al de los vivos, que tienen el hábito de las fronteras, de lo que llega hasta aquí o de lo que empieza en esa raya o al acabar el hígado. Flores hepáticas. Y si me levantara para mirar mi culo en el espejo, tal vez vería también las nalgas de mamá.

Con estos pensamientos me excité, así que bajé a la calle y en la farmacia de la esquina compré un paquete de bragas de papel de las que fabricaban en mi empresa, que es una empresa estatal, ya digo, yo antes no entendía bien al Estado, pero desde que estoy muerto y subnormal y me expando bajo cuerda como él, para formar redes, lo entiendo mejor y comprendo que el Estado se haya deshecho de mí, compré unas bragas de papel, me metí con ellas en el sex-shop, llamé a la china, y cuando apareció al otro lado del escaparate y me pasó por la ranura un trozo de papel de cocina que también es de mi empresa, de la empresa estatal, para que me corriera en él, yo le di a cambio las braguitas de papel y le pedí con gestos, porque no me entiende, que se las pusiera y me enseñara el culo y ella volviéndose empezó a moverlo con las bragas puestas y era también redondo, como una nota musical de esas que no tienen rabo, no sé si una fusa o una corchea, da lo mismo, era un punto, el punto final de mi existencia, aunque también el punto de partida. Si me fijaba mucho, a través del papel se percibía que se trataba de un punto dividido, con una gran ranura o una sima, una cordillera inversa, en fin, que lo recorría de norte a sur y que ofrecía tantas posibilidades como Madeira, que era a su vez un punto perdido en medio del Atlántico, aunque un punto con forma de riñón, ya digo, y lleno de flores hepáticas, al que se accedía a través de una tarjeta de crédito que al meterla por una ranura te escupía dinero por la de al lado, de manera que le dije a la china que se diera la vuelta para ver cómo era la ranura de delante vista a través de las bragas de papel estatales, entonces se apagó la luz del escaparate, pero yo metí la tarjeta en la ranura o quizá una moneda, no me acuerdo, y el escaparate se iluminó como el de una juguetería en la noche de Reyes, que también de los Reyes he de decir algo, porque desde la muerte ves que son de verdad por eso, por la barba postiza, el caso es que la ranura delantera de la china tenía un poder succionador, como si respirara por ella, así que el papel estatal se ceñía a los bordes del acantilado y yo le pedí que se mojara, que mojara las bragas, vamos, para presenciar un acontecimiento atmosférico y ella inclinó el rostro oriental y al escupir con tino y rabia sobre las bragas estatales el escaparate se puso algo sombrío, como la calle y el portal de mi infancia por uno de cuyos extremos, si eras listo, podías llegar a Nueva York. O a Madeira. El caso es que a la nota musical de mi culo que a lo mejor, como la encía, era el de mi madre, le salió por la parte de delante un rabo que convirtió el conjunto en una nota musical como Dios manda, una nota musical que envolví delicadamente en el papel de cocina estatal por si se le escapaba algún jugo antes de tiempo, y, vaya, entonces le pedí, siempre con gestos, a la china que se arrancara, rompiéndolas, las bragas del Estado, porque eran de papel, como los tigres, y me las pasara a través de la ranura. Ella lo hizo y yo me puse en la boca los restos mojados del Estado y le pedí que fingiera masturbarse, y entonces, o a la sazón, no sé, comenzó a masturbarse de verdad porque en realidad fingía, como los Reyes Magos con la barba, y mientras me llamaba cerdo europeo para acelerar el proceso me fijé en su coño con la atención con que más tarde me fijaría en los barrancos profundos de Madeira, y comprendí de súbito que no es que se afeitara la vulva, sino que se trataba de una vulva calva, como mi coronilla antes de que empezara a tratarla con el champú especial para naturalezas muertas. O como Madeira después del gran incendio que destruyó el inmenso bosque que ocultaba su naturaleza volcánica, que estuvo ardiendo, dicen, siete años o setenta, no sé, la suma de los que llevaba ardiendo mi corazón antes de darme cuenta de que era subnormal, o de que estaba muerto, y por eso había ardido yo tantos años junto a mis contemporáneos vivos, adoptando posiciones morales y puntos de vista políticos, hasta olvidar que era un disminuido psíquico, un subnormal. Y en el momento de olvidarlo, claro, volví a serlo, un tonto quiero decir, y me pescaron. Pero ahora que estaba muerto se iban a enterar porque regresaría, aunque aún no supiera cómo, igual que había regresado Olegario, el hombre del bigote, para casarse sucesivamente con su madre, su hermana y con su hija, y follaría todo lo follable sin puntos de vista morales, sin posiciones políticas, desertizado de ese espacio que llamaban conciencia, porque los universos carecen de conciencia moral y yo era un universo autocontenido o que se contenía a sí mismo y no necesitaba esa voz, la de la conciencia, que en las novelas se encargaba de rellenar la oquedad moral que constituye la conciencia del relato o la mala conciencia del narrador, según. La cosa es que mientras sujetaba entre los dientes soldados a las encías de mi madre las bragas estatales pensé que le daría a la china, cuyo coño se había desforestado como la superficie de Madeira, un poco de mi ungüento, o sea, del champú del bigote postizo para que le volviera a salir el pelo. Y entonces, o a la sazón quizá, me corrí y se apagó la luz, pero no metí más dinero en la ranura porque todo se había cumplido ya, de manera que me guardé las bragas de papel estatal en el bolsillo, y mientras colocaba el rabo de la nota musical en su sitio, la china desapareció por detrás de las mismas cortinas por las que he visto desaparecer las cosas más importantes de mi vida, ahora recuerdo que eran del mismo color que aquellas tras las que desapareció el ataúd de mi madre, aunque también el de mi padre (murieron juntos en un incendio accidental) camino del horno crematorio, qué redundancia, o del infierno, así que repasando las cortinas de mi vida salí al vestíbulo del sex-shop y por primera vez me entretuve en él contemplando la mercancía anunciada en las paredes, y luego me acodé en la barra del bar interior del establecimiento y cuando iba a pedir un café escuché una frase interrogativa a mis espaldas:

—¿Todavía juegas a hacerte el subnormal?

Me volví y vi a un tipo de mi edad que tenía una pelota de niebla donde otros llevan el rostro, quiero decir que no se distinguían las partes de su cara, aunque había momentos en los que le veías algo familiar; no era, pues, que llevara niebla, sino que aquel rostro maduro evocaba el de Luis, uno de mi calle, más que eso, el jefe de mi calle, que me miraba con desdén cada vez que yo me hacía el subnormal, y fue en ese desdén, creo, o en su risa, donde empecé a reconocerme como un tonto, y a partir de entonces se inició también el proyecto de hacer con ese tonto un listo. Era Luis, digo, y yo llevaba el bigote puesto, de manera que se trataba del primer encuentro de El Hombre del Bigote con su propio pasado, y eso lo supe en seguida, como en una revelación. Reaccioné bien, Luis, dije, cuánto tiempo, y él repitió la frase, seguía con ese gesto de superioridad que encubre a los que padecen un grado de minusvalía mucho mayor que el mío, pero quizá por eso se había visto obligado a disimular mejor, y la verdad es que parecía no tener un pelo de tonto, en realidad estaba calvo y eso le había avejentado, aunque a la manera socialdemócrata, o sea, bien. Qué haces, dice, y yo nada, que hay una china ahí que me tiene loco y vengo a que me mueva el culo, le conté la verdad, pero con desenvoltura. Íbamos bien vestidos los dos, yo un poco arrugado por culpa de la cama del apartamento, aunque él llevaba oro en los gemelos, dos pedazos. Cómo te va, insiste, a qué te dedicas. Tengo un despacho aquí arriba, digo, para estar cerca de la china, un consulting, trabajé para el Estado en la papelera, ya sabes, quince mil puestos de trabajo y yo era el responsable de los recursos humanos, hasta aquí de problemas y con un sueldo estatal, ya ves, total que llegan los socialdemócratas y se ponen a privatizar por partes y hay un trabajo que hacer, limpiar, ya sabes, asustar a la gente y luego echarla, los depredadores nos llamaban a los de personal. Y pido un whisky no sé por qué, porque un cadáver universal no necesita un whisky para impresionar a un gilipollas que usa el gesto característico de los que están oliendo una mierda todo el rato, y menos por la mañana, pero la cosa es que pido un whisky y continúo, digo, o sea, que negocio una salida, un dinero, y me monto por mi cuenta. El caso es que me monto por mi cuenta y ahora trabajo para ellos, pero desde fuera, informes de situación, por ejemplo, he de irme a Madeira para ver si se puede montar allí una fábrica de papel con subvenciones europeas y he venido a despedirme de la china, de su culo más bien.

Me callo un poco, pero el tal Luis continúa mirando desde arriba como si estuviera más muerto que yo o como si le pareciera poco lo que ya le he contado, finalmente dice que es muy amigo del presidente de mi empresa, la de papel, pero lo dice de tal modo que lo que yo le oigo es que es de su banda, son de la misma banda mi presidente y él, la ley del mundo continúa siendo la ley de la calle, de mi calle, de la que este gángster por cierto era el jefe absoluto. No sé qué contestar, pero entonces me fijo en su calva socialdemócrata, en su cabeza, y digo que tengo un producto para él, un crecepelos. Fórmula secreta, no puedo añadir nada más, mira mi coronilla, digo, fíjate, estaba desertizada y ha empezado a crecer. No quiero comercializarlo por ahora, pero a ti te daré un poco porque eres de mi calle. Quién iba a decirnos que se podía salir de aquella calle, digo, pensando para mí que estamos los dos dentro, aunque yo más que él quizá porque no puedo callarme, el whisky, creo, pero se le han iluminado los ojos con lo del crecepelos al huelemierdas este y lo tengo cogido, sé que lo tengo cogido por los pelos y ya no lo suelto, porque además veo que los que entran y salen le saludan como a un habitual o como a un capataz. ¿Conoces a la china que digo, la del culo? Tiene un problema de calvicie también, aunque en la vulva. Si la sacas un momento del escaparate y me la presentas, digo, te paso un poco de crecepelos. Y Luis habla con alguien y al poco aparece la china con una falda del tamaño de un pétalo y unas botas con rodilleras y una camiseta morada, de tirantes, en la que se marcan dos bultos que son dos nudos que no he conseguido deshacer, del mismo modo que todavía no he logrado encontrar entre las bragas de nadie algo que debí perder allí en un tiempo remoto. Es un juguete, la china, muy menuda, me da un beso y yo le digo a Luis que me gustaría verla fuera del escaparate, aunque no ahora, que me tengo que ir, me apuntan un teléfono y un nombre que es al mismo tiempo una clave para que la dejen salir cuando la llame yo, debe de ser una china ilegal, mucho mejor.

Y tú a qué te dedicas, pregunto al fin cuando se retira la muñeca oriental mientras, como Olegario, imito el gesto de pagar las consumiciones, aunque él ha ordenado ya con un movimiento de nariz al camarero que no me cobre, y enciende un cigarrillo, así que no es tan listo, ni tan socialdemócrata, pues no ha conseguido dejar de fumar, yo sí. Lo enciende con un mechero de oro del tamaño de una lata de sardinas y después de aspirar me dice que maneja un holding. O sea, que maneja un holding con la misma naturalidad con la que yo me marcho a Madeira gracias a un sorteo de la tarjeta de crédito. Qué bien, digo, un holding, y me doy cuenta, no sé por qué, de que estamos en una de las regiones de su holding. ¿Es esto tuyo?, pregunto.

Y de unos amigos, me contesta. Y qué más, insisto, qué más haces. Revistas, dice, revistas esotéricas, cosas del más allá, ése es el núcleo del holding, las revistas del más allá, la gente está loca con el más allá desde que empezó a agonizar el siglo. Y yo huelo que estoy llegando a algo porque el más allá es la muerte y yo, ya digo, estaba muerto, de ahí quizá que mi mujer fuera forense y que el jefe de la calle de mi infancia trabajara en las cosas del otro lado. Además, llevaba puesto el bigote de Beatriz Samaritas, la bruja, así que pregunto si conoce a Beatriz Samaritas y sonríe con el gesto de que eso no puede ni ponerse en duda. Advierto entonces que el whisky está penetrando en mis tejidos de humo y decido cubrirme en retirada mirando el reloj con cara de sorpresa, tengo cosas que hacer. Me da una tarjeta y digo que le llamo cuando regrese de Madeira. No, dice él, nos vemos mañana, tienes que darme el crecepelos. Ah, bien, digo, no me voy hasta el lunes, de manera que mañana aquí a esta hora, total tengo la oficina arriba, bajo un momento y te lo doy.

Salgo, subo a mi apartamento y no puedo ni mirar los anuncios por palabras de excitado que estoy, porque parece que los paralelos y los meridianos de mi vida empiezan a dibujar algo con sentido, a dar la vuelta, igual que la Tierra al alcanzar el ecuador repite hacia abajo el mismo gesto que había hecho arriba para cerrarse sobre sí misma, para autocontenerse, digo. No sé por qué, pero sospecho que voy a devolverle a este Luis, el huelemierdas, todas las humillaciones que me hizo padecer en la calle, cuando yo era tonto, además de esta última de la madurez, la de haberme expulsado de la empresa de papel, porque se ve a la legua que pertenece a la casta de los que me han expulsado. Se trata de un buen proyecto para un muerto, me parece, pero necesito una estrategia. Entonces llamo a la tarjeta de crédito y me presento como el afortunado que ganó un viaje para dos a Madeira en el restaurante de lujo italiano, y digo que iré solo, pero que la habitación, en cualquier caso, la quiero doble, con dos camas, no sé por qué con dos camas, pero decirlo me da seguridad. La semana que viene, el billete me lo enviarán al apartamento. Bien. Luego telefoneo a Beatriz Samaritas para pedirle hora y me la quiere dar en seguida, pero yo en seguida no puedo porque tengo un viaje de trabajo, a Madeira, observo que Madeira les suena a todos como el más allá, total que quedamos citados para después, la obligación es lo primero. Luego bajo a la calle y tengo que recorrer cuatro perfumerías antes de dar con el champú de mi bigote, porque es de importación, el champú, pero compro tres frascos, por si acaso, y en una tienda de regalos adquiero también una botella con el tapón de plata y meto en ella una dosis de crecepelos para Luis.

Y ya el resto del día transcurre lento, porque cuando las cosas van deprisa las horas discurren más despacio, pero de todos modos llega la noche y mi hijo, David, en la cama, quiere que le cuente una historia de Olegario, el hombre del bigote postizo, y yo, que tengo un escaparate en la cabeza, como si fuera un niño en la noche de Reyes, le digo que Olegario, siendo aún muy pequeño, fue un día a ver a los Reyes Magos a unos grandes almacenes. Había mucha gente, una multitud, y el niño se soltó un momento de la mano de su padre y lo perdió, perdió a su padre, y comenzó a buscarlo con el llanto agolpado en la garganta, pero no lo veía, de manera que cuando estaba calibrando las ventajas de entregarse a la desesperación, al llanto, vio a un señor con bigote tan angustiado como él porque había perdido a su hijo y también lo buscaba entre la multitud cargada de regalos. Entonces Olegario se acercó y le tendió la mano con naturalidad, como si aquel señor fuera su padre, y el señor del bigote, después de dudar unos instantes, se la cogió y salieron juntos de los grandes almacenes, disimulando los dos, como si de verdad se hubieran encontrado. Y al llegar a la casa, la esposa del señor del bigote también disimuló e hizo como si Olegario fuera su propio hijo, de manera que se quedó a vivir con ellos y Olegario se dio cuenta en seguida de que él era mejor hijo que el de verdad, porque el de verdad, por ejemplo, se meaba en la cama y él no, en fin, para aquellos padres resultó muy ventajoso el cambio, pero para Olegario también por el asunto del bigote (su padre verdadero no tenía y resultaba imposible disfrazarse de él), así que durante toda la vida mantuvieron la ficción de ser una familia, disimulando como yo había disimulado mi subnormalidad, esto no se lo dije, claro, y fueron muy felices, aunque nunca volvieron a visitar a los Reyes en unos grandes almacenes por miedo a que apareciera el verdadero padre, o el verdadero hijo, y tuvieran que restituirse mutuamente.

Y el caso es que a medida que le cuento esta historia a David recuerdo que es mi historia también, porque se me ocurrió en aquellos años y había estado guardada hasta ese instante al otro lado de la puerta, junto al relato de Paca y Emérita. Es decir, que un día me llevó mi padre a unos grandes almacenes para ver a los Reyes, y yo iba preocupado porque me había jugado la vida en una apuesta y la había perdido y no sabía cómo evitar que la muerte se cobrara esa deuda, en el caso de que no se la hubiera cobrado ya, pues, la verdad, no tenía datos para saber si estaba muerto o vivo: ignoraba si después de muerto se continuaban haciendo las mismas tonterías que de vivo; en cualquier caso, mi obsesión era encontrar el modo de no pagar y entonces se me ocurrió que a lo mejor me perdía entre la multitud cargada de paquetes y me cogía de la mano de un señor que a su vez hubiera perdido a su hijo, de ese modo la muerte se llevaría al otro, al que encontrara mi padre entre los niños perdidos de los grandes almacenes. El asunto es que las cosas que se piensan a esa edad luego no sabe uno si las ha imaginado nada más o han sucedido, porque además durante una temporada jugué en casa a ser otro, de manera que dejé de mearme en la cama, por ejemplo, y empecé a comportarme como si tuviera que ganarme el amor de aquellos padres que no eran los míos. Pero a la vez reparé en el culo de mi madre, que podía al fin mirar sin culpa porque no era mi madre, y en la iglesia me ponía en el banco de detrás y buscaba la señal de sus bragas sobre la falda, como si en el triángulo de esa prenda interior hubiera perdido algo que todavía no he encontrado, porque no sé qué es.

Entonces, yo crecí con la idea de que era un bastardo, y aunque mi padre luego se dejó bigote quizá nunca fui su hijo ni el hijo de mi madre. David estaba fascinado con esta nueva historia de Olegario y yo me pregunté al mirarle si también él habría empezado ya a hacer apuestas y si acaso se había jugado la vida en una de ellas y estaba muerto como yo. Entonces, no sé cómo, me di cuenta de que éramos la misma cosa el niño y yo, yo el hemisferio norte, por ejemplo, y él el hemisferio sur. Le agobiaban las mismas cosas que a mí, porque pareció tranquilizarle por ejemplo el hecho de que finalmente Olegario no se hubiera casado con su madre, puesto que no era su madre verdadera. Sin darme cuenta, había reducido las dimensiones de los incestos anteriores con esta historia y eso era un respiro. Pero también pensé que si la serie de Olegario no acababa, un día, ya de mayor, después de haberse casado de todos modos con su hija y con la hija de su hija, podía metérsele en la cabeza la idea de recuperar a sus verdaderos padres, es decir, de ir a buscarlos por esa necesidad estúpida que tienen los héroes de conocer su origen, porque los héroes se resignan a todas las calamidades, excepto a la de ser bastardos, y entonces, quizá, al entrar en su verdadera casa, la muerte que llevaba esperando tanto tiempo para cobrarse la apuesta se lo llevaba sin darle tiempo siquiera a alcanzar su habitación para ver sus juguetes. O su hucha. Pero ese instante no había llegado, porque David se durmió en seguida pensando quizá que las cosas que imaginaba con su madre, Laura, mi mujer, no fueran finalmente tan graves si por alguna razón él no fuera nuestro verdadero hijo.

Después de que se durmiera olí el sexo de la hucha metálica y llegué muy excitado al dormitorio, donde Laura, en la cama, leía una revista, y entonces le pedí que me contara las partes de una autopsia, y mientras ella, entre risas, me explicaba las diferentes fases del análisis de un muerto, yo hurgaba con las manos la zona mojada de sus bragas, como si bajo aquel tejido se ocultara un hormiguero o quizá un tesoro, no sé, el caso es que tocaba aquello con la torpeza y la aparente falta de intención de un niño, y eso le gustaba a ella, quizá en ese instante yo, en lugar de Jesús, era David, porque el patinador se había deslizado de un lado a otro de la pista sobre el hielo de mi biografía, y luego me dormí pensando que no era un universo, sino un huevo cósmico: ese punto sin volumen, pero de densidad infinita, que al estallar no puede dejar de expandirse, aunque, a medida que crece, su memoria regresa al punto del volumen cero y densidad infinita, ese punto que quizá está contenido en el interior de unas bragas o en los acantilados oscuros de Madeira: el punto de partida.

Al día siguiente, me encontré unos instantes con el huelemierdas de Luis en el bar del sex-shop y le entregué el frasco con tapón de plata en el que había puesto el contenido de una botella del champú para naturalezas muertas. Luis destapó el frasco y lo olfateó con el gesto del que acercara su nariz a una inmundicia.

—Lávate la cabeza con esto dos veces al día —dije—, como si fuera un champú, frotando bien el ungüento en la calva, para que penetre en el cuero cabelludo. Cuando regrese de Madeira, ya veremos si hay que aumentar o reducir la dosis.

Se mostró escéptico, pero había probado de todo, dijo, incluso un implante que se le infectó, no le costaba intentarlo con otra tontería. No discutí; había recuperado el dominio de mí mismo, de mi universo, del que aquel huelemierdas no era más que un suburbio, y mantuve el tono discreto y distante de alguien que habla de sí mismo en tercera persona, con más oficio que pasión. Por cierto, que en un momento dado Luis hizo una pregunta no prevista. Dijo:

—¿Murieron tus padres?

—Sí, los dos. ¿Y los tuyos?

—Los míos también.

Después de aquel intercambio de orfandades, estuve a punto de confesarle que también yo había perdido la vida en una apuesta, pero en lugar de eso renuncié a ver el culo de la china y salí a la calle en tercera persona también, con el gesto decidido del que estrena trabajo y existencia. Fui a una librería grande y hojeé la sección de esoterismo, seleccionando un libro titulado *El ABC de la Percepción Extrasensorial* y un *Manual Práctico de la Reencarnación,* en cuyo índice leí materias que podían ser útiles a un muerto. Al regresar al apartamento, coloqué los dos libros sobre la mesa del salón y estuve observándolos un rato con la codicia del que mira un regalo sin abrir. Luego, para tensar todavía un poco más la distancia entre el deseo y su realización, cogí la prensa y me lancé a recorrer su periferia con un instinto semejante a aquel que en las ciudades me empujaba a visitar los suburbios antes aún que la zona comercial o los monumentos. De súbito, como si los libros que todavía permanecían cerrados hubieran abierto en mí un canal perceptivo nuevo, comprendí que la insistencia con que me movía entre las esquelas y los anuncios por palabras tenía la misma calidad errática que mis remotos vagabundeos infantiles. Lo que buscaba entonces en las esquinas y en las bocacalles de mi barrio era lo mismo que intentaba encontrar al dar la vuelta a un anuncio: una salida, en fin, una salida a lo real, como si mi calle hubiera carecido del grado de realidad que uno espera encontrar en la existencia. Volver, pues, a los anuncios por palabras, después de haber sido tantos años un habitante de las secciones de economía y bolsa o de las páginas de política internacional, era un modo de regresar al suburbio, al barrio, en cierto modo el fin de siglo era también un suburbio del tiempo, un arrabal repleto de miserias sobre el más allá, una ruina, en fin, una ruina socialdemócrata. Es verdad que acabé encontrando la rendija por la que mi calle se comunicaba con la Quinta Avenida o con los Campos Elíseos, todos aquellos lugares a los que había viajado por razones de trabajo o placer en los últimos años, pero, ahora lo advertía, tampoco esos espacios eran reales, aunque desde luego resultaban más confortables que el portal húmedo en el que, abrazado a una caja de zapatos, aguardaba la llegada de Paca o Emérita, del bien o el mal, de la vida o la muerte. El subnormal seguía trabajando en mí, pidiéndome que explorara otros agujeros, otras salidas, otras puertas que se abrieran a lo real, lo que quiera que fuese. Y ahora, de repente, comprendía que lo más real del periódico eran las farmacias de guardia, la lista de los fallecidos el día anterior en la ciudad, los pequeños reclamos sin firma, sin padre: ésas eran las verdaderas noticias del periódico y no los grandes titulares de primera página. De modo que era eso, Dios mío, había más verdad en un anuncio que decía cambio colección de marchas militares por algo, o vendo bombona de butano vacía, que en un sesudo editorial o en los acontecimientos financieros de la sección de bolsa. Así que yo continuaba tirado en el portal con la caja de zapatos, o en la calle, discutiendo con Luis, el huelemierdas, y los otros en qué consistía tener personalidad o de cuántas velocidades disponía un automóvil. Quizá, después de tantas vueltas, no había avanzado mucho, pero ahora al menos sabía que no era un problema de distancia, que lo que separaba a mi calle de lo real no eran quilómetros, sino otra cosa, pero qué cosa, Dios, quizá una puerta secreta, una ranura, una trampilla camuflada en el lugar menos previsible, incluso dentro de la caja de zapatos en cuya superficie abría heridas que imitaban el sexo de las huchas que con el tiempo sería también el sexo de los cajeros automáticos y de los muñecos autómatas y el sexo de los ángeles que exhibían sus alas cortadas como un sexo en los escaparates del sex-shop.

Me incorporé de la silla excitado y recorrí el salón de un lado a otro acariciándome el bigote postizo. Era preciso no perder la calma, actuar como si fuera una tercera persona quien se hacía cargo de aquella excitación: aún no había llegado a Madeira, la isla de las flores hepáticas, el volcán que había perdido su dimensión plutónica, el punto de volumen cero, aunque de densidad infinita, perdido en el océano, navegando en el mar Atlántico de mi conciencia como un huevo cósmico que una vez que estallara ya no podría dejar de expandirse. Tampoco me había entrevistado con Beatriz Samaritas, la bruja de cuyo cabello procedía el bigote incestuoso y en cuyas bragas, quizá, hubiera algún secreto que no se hubiera llevado la depilación. Por otra parte, la relación con el huelemierdas de Luis, acababa de empezar y era una incógnita saber si también a él le crecería el pelo. Y, en fin, estaba la china, a la que ahora podría ver fuera del sex-shop, lo que era tanto como haber alcanzado el otro lado del escaparate, o de la vida. Todas aquellas cosas, sin ser un continente, constituían un espacio a recorrer con orden. Así como las ciudades convenía verlas desde el río, si lo tenían, porque en torno a él solía articularse su historia, así todos estos acontecimientos necesitaban un lugar desde el que contemplarlos, y ese lugar era el de la tercera persona que selecciona los materiales narrativos y los distribuye sobre el papel de acuerdo a una estrategia, otra vez la estrategia, después de la estrategia, o antes, no sé, vienen siempre las condiciones objetivas, en fin, de acuerdo a un cálculo que garantizara el sometimiento de los impulsos a un esquema jerárquico para obtener el mayor partido de los recursos universales de que disponía.

Tomé, pues, el *Manual Práctico de la Reencarnación,* y me senté esta vez en un sillón desde el que podía estirar las piernas sobre un taburete. Apenas había leído unas páginas, cuando perdí la conciencia de mi cuerpo y, con ella, la del sillón y los muebles oscuros del apartamento. Me encontraba en un lugar sin clima, sin sucesos atmosféricos, sin aire. El libro proponía métodos para viajar de una existencia a otra como el que recorre las diferentes habitaciones de su casa y yo me dejaba arrastrar por las experiencias de quienes iban y volvían de lo que fueron o quisieron ser a lo que eran. Aunque también había formas de viajar al futuro: si cerrabas los ojos, por ejemplo, podías imaginar —visualizar, decía el libro— una puerta que conducía al porvenir. La abrí, porque ya no había diferencia entre mi conciencia y la del texto, como si el libro me devorase a mí a medida que yo devoraba sus páginas, la abrí, digo, y vi un conjunto rocoso emergiendo entre jirones de niebla, un paisaje que no era de este mundo, hostil y acogedor al mismo tiempo. Así, a medida que leía, o que era leído, toda la tensión anterior salió como un fluido por los diferentes agujeros de mi cuerpo, y fui hundiéndome en un sueño que no era un sueño, pues mi conciencia continuaba despierta, en fin, equivalía a recorrer los espacios del sueño del mismo modo que cuando uno regresa a la casa familiar, la de los padres, puede ir de una habitación a otra haciéndose cargo de las sensaciones que el pasillo provoca en el sujeto, pero también de las que el sujeto provoca en el pasillo, pues en ese punto aparece una niebla que borra las fronteras entre la conciencia de la casa y la de su visitante: la misma niebla que había difuminado el límite entre la conciencia mía y la del libro. Me adormecí, pues, y oí el llanto de un niño, pero ahora no tuve ninguna confusión, no procedía de la habitación de al lado ni de los apartamentos vecinos, venía el llanto de mi pecho y yo lo oía con la certidumbre y la claridad de una alucinación. El niño había logrado ponerse en contacto con el adulto. Cuánto tiempo, me pregunté, llevaría llorando, desde donde quisiera que estuviese atrapado, sin que yo me hubiera dado cuenta, cuántos mensajes habría lanzado al Atlántico de la conciencia que teníamos en común en botellas que no es que yo no hubiera abierto, sino que ni siquiera había visto. Yo, lanzado a la vida, ocupado en disimular mi deficiencia, mi subnormalidad, había ido cerrando puertas que me alejaban de aquel niño, de aquel barrio lleno de casas húmedas y arrugadas como una caja de zapatos expuesta a la intemperie. Había creído encontrar la salida por haber triunfado más o menos en la imitación de los gestos de mis contemporáneos, llegando a ser el responsable de los recursos humanos de una empresa estatal que fabricaba papel y tigres de papel y condiciones objetivas de papel y bragas de papel y papel de cocina e higiénico, que era por cierto éste, el denominado higiénico, el destinado a lo más sucio, qué desatino. El caso es que el niño estaba ahí, en algún lugar de mi universo, separado del adulto por una puerta o por una hoja de papel como las que en los libros separan un capítulo del siguiente, a una distancia que era medible en cantidades de memoria. En ese instante se me desprendió un poco la guía derecha del bigote y la coloqué en su lugar con el mismo gesto con el que Dios habría enderezado con un dedo universal la trayectoria de un planeta. O de una galaxia.

Transcurrió mucho tiempo, porque después del libro sobre la reencarnación tomé el de la percepción extrasensorial que, aunque con distinto título, trataba de lo mismo. Y no sé lo que vi en él, el caso es que cuando me levanté del sillón y mi cuerpo universal empezó a recuperar el movimiento, tuve la impresión de haber hecho un largo viaje, porque al salir del apartamento me pareció estar bajándome de un tren. En efecto, la calle, aun siendo la misma, era ya otra, y yo era un extranjero con bigote penetrando en una ciudad desconocida. Me moví entre los transeúntes con la sensación de invisibilidad de quien sabe que no puede ser reconocido por pertenecer a otro mundo, y poco antes de llegar a casa me arranqué el bigote con la conciencia de quien va a perpetrar un adulterio.

Mi mujer me tomó por Jesús y el niño por su padre. Yo deambulé por la casa con naturalidad, como si aquellos espacios me pertenecieran, procurando no dar muestras de extrañeza: había estudiado las particularidades de aquella familia y de aquel padre de familia por el que tenía que hacerme pasar, y el juego tenía el atractivo de las acciones en las que uno se juega la existencia. David, al acostarse, me pidió una aventura de Olegario y yo, que me había documentado, no tuve ningún problema en recuperar una fantasía de mi propia infancia que era fácilmente atribuible al hombre del bigote postizo: resulta que Olegario, cuando tenía más o menos tu edad, hijo mío, escuchó por la radio un programa en el que salía un hipnotizador que obligaba a la gente a hacer las cosas que él quería. Olegario se quedó fascinado por esta técnica con la que se podía llegar a poseer la voluntad de los otros, era como tener dos cuerpos dependiendo de un solo cerebro. Si lo del hipnotismo fuera verdad, pensaba, podría dominar el mundo mucho más aún que con el bigote. El caso es que un día, cuando su madre se fue al mercado, Olegario se acercó a su padre, que leía el periódico sobre una butaca, y le dijo:

—Te voy a hipnotizar.

El padre, por jugar, abandonó el periódico y miró fijamente los ojos del niño. Olegario comenzó a emplear el lenguaje monótono del hipnotizador de la radio:

—Estás cansado, muy cansado, sueñas con dormir, los párpados te pesan, te mueres por cerrarlos para descansar...

El padre de Olegario, divertido, fingió que sus palabras provocaban el efecto buscado por el niño, de manera que entornó los párpados y dejó caer la cabeza como si no pudiera con su peso. Olegario, asombrado, continuó su salmodia temiendo que si dejaba de hablar se le escapara la víctima. Hubo un momento, que apenas duró unos segundos, en el que el padre advirtió que las palabras y la mirada fija de su hijo estaban ejerciendo una acción turbadora sobre su conciencia, pero no le dio tiempo a reaccionar porque al instante siguiente había perdido la voluntad, que, misteriosamente, pasó a ser propiedad del niño.

Olegario, excitado, ordenó al padre que se levantara y éste se incorporó con movimientos algo mecánicos y se quedó quieto, como a la espera de recibir nuevas órdenes. Temiendo que se tratara de una broma del adulto, Olegario ordenó hacer a su padre lo que más detestaba: pasar a casa de la vecina y pedirle prestados dos huevos y un puñado de sal. El padre salió y regresó al poco con los dos huevos en una mano y la sal en la otra. Le ordenó entonces que lo dejara todo en la cocina y se pusiera a limpiar los azulejos del cuarto de baño. Entre tanto, fue a su cuarto, abrió el armario y sacó los juguetes, esparciéndolos por el suelo y por encima de la cama. Cuando logró que la habitación tuviera un aspecto impresentable, llamó de nuevo a su padre y se sorprendió de que éste no le dijera nada. Como echaba de menos la riña, le ordenó que se enfadara en ese mismo instante. El padre se enfadó y Olegario pareció quedarse un poco más tranquilo. No obstante, cogió una hucha de barro que le habían regalado hacía poco y la tiró contra el suelo para que se rompiera en mil pedazos. El padre permaneció impasible, y Olegario, que no podía soportarlo, le pidió que le diera un par de azotes. Una vez azotado, se relajó un poco y entonces le ordenó que lo recogiera todo y dejara el cuarto ordenado.

Cuando volvió la madre de la compra, se encontró a los dos en el pasillo, su marido haciendo de caballo y Olegario de jinete. Le pareció bien que estuvieran en tan buena armonía y elogió el brillo de los azulejos del baño. Sin embargo, durante la cena reprochó a su marido que se encontrara tan ausente.

—Parece que te ha dado un aire —le decía.

Olegario intentó recordar la fórmula para deshipnotizar, pero no pudo, de manera que antes de irse a la cama se quedó a solas con él y le ordenó que se comportara normalmente, que disimulara, como si no estuviera hipnotizado, que le riñera, en fin, y se peleara de vez en cuando con su madre y leyera el periódico todo el tiempo. Durante los días siguientes, todavía utilizó el poder que tenía sobre su padre de diversas formas: por ejemplo, le ordenaba que le comprara caramelos y helados continuamente, hasta que cayó enfermo y comprobó el sentido de todas aquellas prohibiciones. No obstante, antes de ponerse bueno, mandó a su padre, que continuaba hipnotizado, emprender un viaje de negocios de una semana para quedarse con su madre y disfrutar a solas de sus cuidados sin la presencia de él.

Nada más desaparecer el padre, la madre se llevó a Olegario a su cama, para no dormir sola, y entre la enfermedad y la convalecencia vivieron un idilio que no fue ensombrecido, como en otras ocasiones, por la mirada o los comentarios censores del padre. Cuando éste regresó de su viaje de negocios, el niño ya no sabía qué ordenarle, porque además había empezado a sentir un poco de malestar, como si una voz le dijera que aquello que hacía no estaba bien. Le pidió de nuevo que disimulara, es decir, que se comportara como si no estuviera hipnotizado, y decidió no volver a usar nunca el control que había adquirido sobre él.

Así, empezaron a pasar primero las semanas, los meses después, y con ellos los años, de manera que Olegario se olvidó de aquel suceso que tantos remordimientos le había proporcionado. El padre vivía hipnotizado, pero lo disimulaba tan bien como Olegario su subnormalidad, así que nadie llegó a advertirlo. Es cierto que con el paso de los años, al no evolucionar su carácter, pensaron que se había quedado un poco tonto, pero lo atribuyeron a una cosa hereditaria, de forma que aunque la madre dudó en más de una ocasión si llevarle al médico, lo cierto es que sus síntomas no llegaron a alcanzar la gravedad que justificara tal decisión. Más bien les hacía gracia que, aunque Olegario ya fuese mayor, su padre se empeñara en reñirle como si todavía fuese un niño, pero hay tantos padres que no soportan que sus hijos crezcan, que se pensaba que aquellos arrebatos eran en realidad un rasgo de cariño.

Cuando Olegario tenía dieciocho años, viendo por la televisión un programa de variedades al que había acudido como invitado un hipnotizador, recordó aquel suceso de infancia y observó a su padre, que evidentemente continuaba hipnotizado, y tuvo un remordimiento de conciencia insoportable. Aprendió entonces las técnicas para deshipnotizar incluso a los casos más difíciles, y un día, aprovechando que su madre había salido, le ordenó que regresara de donde estuviera. El padre de Olegario pareció despertar de un largo sueño, miró a su alrededor con muestras de no reconocer la casa, porque se habían mudado hacía unos años, ni a su hijo ni a sí mismo, y comenzó a decir incoherencias. Tuvieron que internarlo ese mismo día en un manicomio. En cuanto a Olegario y su madre, vendieron el piso y se fueron a vivir a un apartamento más pequeño, donde fueron muy felices. Una vez al mes, visitaban al padre y le llevaban bombones de licor.

Decidí terminar el cuento en este punto, pero David no se había dormido; lejos de eso, parecía como hipnotizado por la historia. Dijo:

—Entonces el padre al que había hipnotizado no era su padre auténtico, ¿verdad?

—No, hijo, era el mismo que había encontrado en los grandes almacenes el día que fue a ver a los Reyes Magos.

Tranquilizado por esta explicación, que contribuía de nuevo a atenuar el incesto, David cerró los ojos y se durmió en seguida. Yo me levanté y olí el sexo de la hucha antes de abandonar la habitación.

Al salir al pasillo, tuve una posible visión de lo que había sucedido con mi vida: cuando yo, de niño, fantaseé con la posibilidad de hipnotizar a mi padre, y cuando perdí la vida en una apuesta, y cuando había jugado a ser bastardo, diferentes versiones de mí mismo se habían puesto en circulación llevando cada una de ellas existencias ajenas entre sí, de manera que había vivido dividido, sin saber nada de los otros yoes que quizá habían triunfado en la política o en los negocios, o que quizá se habían arruinado y llevaban, en fin, una existencia de mendigos. Y todos ellos, todos esos yoes, habían permanecido a su vez ajenos a la vida del niño que lloraba entre las cavidades de mi pecho. Así que también yo había vivido como hipnotizado y ahora, al despertar tantos años después, no reconocía nada de lo que había a mi alrededor, de ahí que tuviera que disimular y hacer como que me creía que Laura era mi mujer y David mi hijo, y actuar como padre y como esposo para que nadie advirtiera mi locura y me internaran en un manicomio, como al padre de Olegario. No me gustan los bombones de licor.

Toda mi vida había sido un disimulo: primero, para que no advirtieran que era subnormal; luego, que no era bastardo; más tarde, que no estaba muerto. Hasta había fingido en una época tener inquietudes políticas, y, después, cuando las cosas vinieron así, actitudes socialdemócratas y empresariales e intereses familiares. Pero ahora, mientras me dirigía a través del pasillo hacia el dormitorio donde me esperaba Laura, comprendí que estaba viajando al revés, hacia el origen de las cosas, hacia el punto donde convergen las líneas de la vida, del mismo modo que los meridianos se encuentran en los polos o los compañeros de infancia en la cafetería del sex-shop. Y a medida que deshacía el pasillo de mi vida en el sentido contrario a lo andado, iba tomando conciencia no sólo de que estaba muerto, sino de que era un niño subnormal intentando dar con la puerta que conducía al espacio de las cosas reales. Y las cosas reales eran el amor y el dinero obtenidos sin esfuerzo, sin gasto de energías, sin plusvalías afectivas o económicas que pusieran distancia entre lo que uno había querido ser y lo que era.

Laura no se había desnudado; sentada en el borde de la cama, miraba el pequeño televisor instalado en el dormitorio con una atención extraña. Al entrar yo, se volvió, dudó unos segundos y finalmente preguntó:

—¿Se ha dormido David?

—Sí, después del cuento, como siempre.

Acentué el *como siempre* para que se notara que conocía las costumbres de la familia, pues me pareció que lo que Laura había querido preguntar era otra cosa; algo así como quién eres en realidad o por qué te crece ahora el pelo si eras calvo, qué te pasa, te noto cambiado, etcétera. En seguida, comencé a hacer los gestos rutinarios del Jesús que se había casado con ella, acentuándolos para borrar cualquier duda. Pero mientras me cepillaba los dientes en el cuarto de baño adosado al dormitorio, con gran estrépito de grifos y gárgaras, percibí que Laura, al otro lado del tabique, frente al televisor, estaba hundida en la sospecha. Si me descubre, pensé, se dará cuenta al mismo tiempo de que soy subnormal y de que estoy muerto. El bigote, ¿dónde había dejado el bigote? Recordé haberlo guardado en el bolsillo de la chaqueta antes de entrar en casa. Laura no registraba nunca mis bolsillos ni mis cajones, no era esa clase de mujer, a ella sólo le gustaba registrar el paquete intestinal, era forense, pero nunca se sabe.

Salí del cuarto de baño y abrí mi armario como si buscara algo dentro de él. Introduje disimuladamente la mano en el bolsillo de la chaqueta y comprobé que la prótesis continuaba allí. Ella no se había movido del borde de la cama, frente al televisor.

—¿Qué clase de cuentos le cuentas a David?

—Los de toda la vida, ya sabes, incestos, parricidios, madrastras, niños abandonados, antropofagia... Lo que pasa es que los actualizo un poco para hacérselos más comprensibles. Por ejemplo, en lugar de perder a los niños en el bosque, los pierdo en grandes almacenes.

—¿Y quién es el personaje ese, Olegario? Está obsesionado con él.

—¿Olegario? No has leído muchos cuentos infantiles, está en todos. Es esa clase de tonto que al final resulta más listo que los demás, como Pulgarcito.

—Pulgarcito no era tonto, era pequeño.

—Cuando el texto dice que era pequeño, lo que pretende transmitir en realidad es que era tonto; los cuentos infantiles dan muchos rodeos para explicar las cosas. Lo que se pretende demostrar con Pulgarcito es que si un tonto disimula bien no se entera nadie de su minusvalía. En mi barrio había un chico cojo, y, si no llega a ser porque un día lo confesó públicamente, nadie se habría dado cuenta, porque disimulaba. Por cierto, ahora me acuerdo de que se llamaba Olegario.

Laura se echó a reír y yo, de súbito, me acordé de aquel niño de mi calle, que, efectivamente, afirmaba ser cojo, aunque nadie se lo notara. Fue el único que se atrevió a enfrentarse a Luis, el huelemierdas, y el primero en abandonar el barrio. De vez en cuando cojeaba, pero yo siempre pensé que lo hacía para demostrar que era verdad lo que había dicho. Lo más llamativo es que hasta ese instante no hubiera unido el nombre de Olegario a aquella imagen. Olegario había surgido de las tinieblas de la memoria desprovisto de rostro y ahora el rostro aparecía enganchado al nombre, como el pez al anzuelo. Desde que había comenzado a pescar, sin saberlo, en las aguas de la conciencia, cada palabra o gesto constituía un cabo en el que tarde o temprano se clavaba una presa.

En cualquier caso, el peligro había pasado. Laura continuaba riéndose con la historia de Olegario, el cojo disimulador, y el ambiente de sospecha se había diluido en sus risas. No obstante, en el futuro tendría que extremar las precauciones. Por ejemplo, ahora, mientras la veía desnudarse delante de mí con una naturalidad enloquecedora, reprimí las ganas de investigar lo que había detrás de sus párpados, o de sus bragas, para que aquella acentuación del instinto venéreo no volviera a hacerla caer en la sospecha de que yo fuera otro. Nos metimos juntos en la cama, con la televisión encendida, y ella, antes de darse la vuelta, me preguntó que cuánto tiempo iba a estar en Madeira.

—Una semana, como mucho —dije—. Si se resuelve todo rápido, cinco días.

Sin otra información sobre Madeira que la obtenida en el artículo de la enciclopedia, tomé el avión que, tras una breve escala en Lisboa, empezó a sobrevolar el Atlántico en dirección a la isla. Había comprado en el aeropuerto varias revistas esotéricas de las editadas por el holding de Luis, el huelemierdas, y más libros sobre la reencarnación y la muerte; todos trataban de lo mismo, así que me hundí en la lectura y cuando levanté la vista para mirar por la ventanilla, el aparato había descendido un poco y comenzaban a verse los archipiélagos deshabitados que salpicaban la ruta. No los contemplé, sin embargo, con la actitud del que mira algo que está fuera de sí, sino con la siniestra emoción del que se asoma a sus vísceras.

Aquellos islotes rocosos, inhabitables, perdidos en el océano de mi conciencia, representaban las callosidades que me habían impedido el acceso a lo real, lo que quiera que fuese. Acababa de leer un artículo sobre experiencias extracorpóreas, pero yo, lejos de sentirme alejado de mi cuerpo, tenía la impresión de que todo cuanto miraba estaba dentro de él. Al descender del avión en el aeropuerto de Funchal supe que, más que haber ido de un lugar a otro, había viajado entre los dos extremos de mí mismo. La luz de la isla me pareció en seguida familiar: ese día tenía la calidad de una llama de gas abriéndose paso entre las bóvedas de la memoria. Durante el recorrido desde el aeropuerto hasta el hotel, se acentuó esta sensación de familiaridad, de manera que al entrar en mi habitación tuve la impresión de haber llegado a casa, al menos a una zona de la casa que hasta ese momento había frecuentado poco.

Tras deshacer la maleta, abrí la puerta de la terraza y busqué el mar. En el hotel que había frente al mío, una anciana salió en pijama al balcón y contempló el cielo nublado. La habitación tenía dos camas, pero no fui capaz de decidir en ese momento en cuál de ellas dormiría. Bajé a comer y en el ascensor coincidí con una pareja de ancianos rubios, disfrazados de jugadores de tenis, con los que intercambié una sonrisa.

La comida discurrió apacible, sin que se produjera nada digno de destacar, aparte del estallido de sabor de la cerveza en la garganta, y, sin embargo, en ese instante supe que estaba a punto de sucederme algo real. En resumen, lo que pasó fue esto: yo comía en la terraza cubierta del restaurante observando el Atlántico de mi conciencia extendido a los pies del hotel, cuando advertí que las parejas que se movían a mi alrededor eran todas de ancianos que, como los que había encontrado en el ascensor, iban disfrazados de algo, de tenistas por lo general, pero también de bailarines y de buceadores y de matrimonios felices. Algunos eran francamente viejos, quiero decir que a pesar del pantalón corto o del chándal deportivo, se notaba que tenían dificultades para subir y bajar las escaleras que conducían a las piscinas de agua salada que había junto al mar, sobre todo si se empeñaban en respirar al mismo tiempo. Y es que en Madeira, lo mismo que en mi alma, no había playas que dulcificaran el tránsito al océano, de ahí la abundancia de escaleras. A la vista del panorama, llegué a la conclusión de que, efectivamente, estaba muerto, aunque era el único muerto de mi edad, los demás habían sobrepasado ampliamente la de la jubilación.

Como pensé que una vez muerto ya nada podía hacerme daño, pedí un café y un paquete de tabaco, o sea, de Winston, que es lo que había fumado en vida antes de mi etapa socialdemócrata, cuando lo dejé por miedo al cáncer de garganta —el de pulmón, no sé por qué, jamás me preocupó—, y encendí un cigarrillo cuyo humo activó algunas cantidades de optimismo o de euforia de las que nunca, hasta entonces, había logrado disponer. Me sentaba muy bien la muerte, así como este primer cigarrillo del descanso eterno. Por cierto, que un viejo me miraba desde la mesa de al lado, también con un Winston o un Marlboro, no sé, entre los dedos, y nos hicimos un gesto de complicidad, yo creo que él notaba en sus pulmones mis caladas y yo las suyas en los míos, porque en este lado las fronteras entre los unos y los otros no están tan claras como entre los vivos, de manera que a lo mejor cuando un muerto folla les sienta bien a todos. El caso es que el cigarro este después de tantos años, combinado con el café y el ruido del mar, me puso reflexivo y nostálgico, así que recordé por qué había fumado, pero, sobre todo, por qué había fumado Winston. Es decir, que cerré los ojos y tras abrir la puerta imaginaria llegué a un momento de mi vida en el que debía de tener diez o doce años, quizá más, no sé, en cualquier caso no había empezado a disimular aún que era subnormal porque se me veía cara de idiota, y estaba, digo, dentro de una ferretería, esperando mi turno para pedir una barra de pan o un tarro de mermelada, cualquier cosa que diera un poco de pena, cuando empecé a fijarme en un sujeto alto y rubio como un ángel, de la edad de mi padre, creo, aunque parecía más joven, con chaqueta y corbata en aquel barrio, Dios mío, y un bigote como éste que no me he quitado desde que salí de casa, en fin, un tipo impresionante para aquellos años, o sea, un rico que mientras enumera al ferretero las cosas que se quiere llevar, saca un paquete del bolsillo este de la chaqueta, entonces me enteré de que las chaquetas tenían también habitaciones secretas, y se da fuego con un mechero de oro. Era evidente que ese hombre había llegado, y yo, por eso, me entregué también al Winston en cuando pude para hacerme la ilusión de haber llegado, porque en mi calle el miedo más común era el miedo a no ser nada. Sin embargo, no llegué a tener un mechero de oro, porque de lo que no logré desprenderme nunca fue de la austeridad. Por eso disfrutaba de las cosas a medias, de manera que fumaba Winston, sí, pero encendía los cigarrillos con mecheros de plástico de usar y tirar, pese a ser el jefe de los recursos humanos de una gran empresa de papel. La austeridad me ha perseguido siempre, creo que como un modo de fidelidad a los orígenes, aunque también para mantener viva dentro de mí la lucha de clases, no sé ni cómo me atrevo a mencionar esa lucha ahora, la de clases, el caso es que con la austeridad controlaba un poco esa versión de mí mismo en la que era un hijo de puta, un depredador que disponía de los recursos humanos a precios de mercado en aquella empresa de papel: era el modo de que el socialdemócrata estuviera controlado todo el tiempo por el subnormal, no sé, o quizá por el pobre, por el niño pobre, que continúa llorando desde un portal húmedo de aquella calle que en realidad es ésta porque está dentro de mí.

Ahora resulta que ha empezado a llover, no allí, en la calle, sino aquí, en Madeira, sobre el mar de mi conciencia, como si el clima se pusiera a mis órdenes, porque le viene bien a la nostalgia unas gotas de lluvia como al café unas gotas de brandy, ¿quién quiere ser austero? De manera que me traen un coñá francés que hace años que no tomo y enciendo otro cigarrillo. Qué placer estar muerto, qué gusto, bajo esta terraza cubierta por una arquitectura de cristal, mientras llueve despacio dentro de mí, y los vapores del humo y el alcohol van deshaciendo nudos antiguos y veo el color negro del cielo y me parece que esta isla tiene el temperamento de mi madre, así que cuando hace mal tiempo es malo porque llueve, y, si hace bueno, también es malo porque algún día lloverá. Pero ahora no me parece mal que llueva, al contrario, me permite dar un paseo por las instalaciones del hotel, si hiciera buen tiempo me vería obligado a salir y detesto salir. Así que con la copa de coñá en la mano, porque he perdido la austeridad al mismo tiempo que la vida, doy vueltas por el enorme hall de recepción observando los escaparates de las tiendas de lujo y a los viejos excéntricos a los que sorprendió la muerte jugando al tenis o haciendo kárate o bailando, ahora veo, por cierto, que son cadáveres nórdicos, es decir, finlandeses y suecos y daneses, aunque también hay muertos centroeuropeos, especialmente alemanes. No veo a ninguno del sur, a ningún compatriota, es raro, pero no voy a empezar a torturarme por ello como un vivo.

En esto, tropiezo con una flecha que indica el acceso a unas instalaciones dedicadas a los masajes y a la sauna. Esto es lo que decía de la austeridad, que nunca he entrado en una sauna, aunque me sobraba estatus para las saunas y para los masajes. Nunca me han dado un masaje, mis compañeros de la papelera iban con frecuencia, se quedaban nuevos, decían, mejor que echar un polvo, pero a mí no me parecía bien, o sea, que no sabía imitar los movimientos de mis contemporáneos y empezó a notarse que era tonto, por eso me echaron de la empresa. Pero ahora estoy muerto y puedo prescindir de los escrúpulos de cuando estaba vivo, de manera que bajo a la sauna, porque hay unas escaleras, con la copa en la mano, y veo una chica preciosa, una muerta, imagino, que me turba con su bata blanca como la de las empleadas de la peluquería donde me hicieron el bigote, una bata blanca donde se dibuja toda la ropa interior, incluidas las bragas. Me dice en portugués que es mejor que espere a hacer la digestión. Luego vuelvo, digo, con la copa en la mano y la elegancia de un cadáver centroeuropeo, aunque soy del sur, se me contagia la actitud de estos ancianos distinguidos.

Entonces me meto en un gran salón con piano y chimeneas apagadas en torno a las que se disponen sillones y sofás, no sé, isabelinos digo por decir algo, es decir, que son nobles o quizá antiguos, el caso es que me siento y pido otra copa de coñá francés y enciendo un Winston, otro, mientras me acuerdo de una carta al director que he leído en una de las revistas esotéricas, cuando volábamos sobre el Atlántico, una carta en la que una mujer contaba que se le aparecía su padre muerto cuando estaba en el cuarto de baño, y le miraba el vientre como si le quisiera decir algo; a veces, también, se cruzaba con ella en el pasillo y le rozaba el vientre con un dedo. El director de la revista o el experto en apariciones, no sé, le contestaba que su padre pretendía decirle que se quedara embarazada porque él quería regresar a la vida y qué mejor modo de hacerlo que naciendo de su propia hija. Y el experto añadía que era muy frecuente que los padres nacieran de los propios hijos, sobre todo cuando había habido una buena relación anterior.

Estaba acordándome de esta historia, digo, mientras pensaba que yo no volvería a nacer por nada del mundo, qué agobio, cuando de repente veo entrar a mis padres por la puerta grande de la sala esta de las chimeneas y los muebles isabelinos. Me quedo paralizado por la sorpresa mientras ellos avanzan hacia mí y no sé si levantarme para darles un beso, pero veo que ellos me sonríen como si no me reconocieran, quizá por el bigote, y se sientan en el sofá libre que hay al lado del mío y empiezan a hablar entre sí en danés, me parece, o sea, que ahora son daneses, han progresado mucho, son daneses y rubios. Mi padre está un poco más calvo que cuando era español, pero el pelo que le queda junto a las orejas es rubio y fino, como hilos de seda. Se ha afeitado el bigote, ahora que me lo he puesto yo él se lo ha quitado, sin embargo, no tiene en el labio superior ese gesto de mezquindad que yo le suponía. Ha envejecido bien en esta versión danesa de su existencia, mejor que en la española; se ve que a pesar de los años conserva mucha fibra en los músculos. Mirándole atentamente, es cierto, se le nota en la mirada ese gesto de desamparo frente a los ataques de ira, o de locura, de mi madre, pero está atenuado de tal modo que se podría leer como un gesto de bondad.

En cuanto a ella, también ha mejorado, Dios mío, ha mejorado mucho. Se la ve más tranquila, como si hubiera alcanzado algún tipo de acuerdo consigo misma o hubiera perdido aquella fuerza que quizá no era fuerza sino simple desesperación, no sé, ahora tiene todo el rato ese gesto de mansedumbre que entonces sólo adoptaba después de tomarse un ansiolítico, o dos. Además, en esta versión danesa tampoco bebe, porque le ha pedido al camarero un vaso de agua nada más. Lleva el pelo blanco recogido detrás de las orejas y está bellísima. Es un anciana delgada, muy menuda, y va disfrazada de jugadora de tenis, él también. Me muero por decirles que soy su hijo, es decir, una versión española de su hijo, daría algo por decir mamá, pero me contengo y en lugar de eso, como no sé danés, les pregunto por señas si les molesta que fume y me dicen que no con una sonrisa, se han vuelto muy tolerantes, de manera que me quedo allí con ellos, sin hacer nada, porque ellos han sacado de la misma bolsa en la que llevan la raqueta de tenis un par de libros y se han puesto a leer. También leen libros, antes no. Entonces miro a mi alrededor y me doy cuenta de que aquello es un salón de lectura, porque todas las parejas de ancianos están leyendo, menos una anciana que se nota que es ciega y escucha lo que le lee su marido al oído para no molestar a nadie.

Yo no dejo de mirar a mis padres daneses y me da gusto verlos así, tan juntos, y yo con ellos, como una familia, no sé, tengo la impresión de haberme liberado de una culpa, como si yo hubiera tenido algo que ver en que se llevaran tan mal en la versión española. Pasan dos o tres horas y llega un cadáver disfrazado de músico que se pone a tocar el piano y entonces los ancianos dejan la lectura y abandonan el salón poco a poco, como para no herir los sentimientos del pianista muerto, que en seguida se queda solo, es decir, conmigo, que estoy a punto de marcharme también, cuando se consuma del todo este cigarrillo.

Se consume, pues, y pese a la mirada implorante del músico bajo a la sauna y digo lo que quiero, una sauna y un masaje, aunque no sé en qué orden se ejecutan. La chica de la bata transparente, o casi, cuyos pezones se dibujan en la tela como dos nudos que nadie ha conseguido desatar, me da un albornoz y me conduce a la antesala de la sauna, donde me abandona sin ninguna explicación. Después de investigar un poco, me desnudo, me ducho, porque hay una ducha, y abro una puerta camuflada por la que se entra a un pequeño infierno que sin duda es la sauna, las he visto en el cine. Estoy solo, de manera que me quito el albornoz, me siento en un banco de madera y me pongo a sudar, aunque, al mismo tiempo de sudar, la piel de los labios y del rostro se me tensa como una plancha de hierro al rojo vivo, de manera que echo un poco de agua con una cuchara de madera sobre unas piedras rojas, tal como he visto hacer en el cine, porque necesito un poco de humedad, pero quizá por culpa de la humedad o del calor, no sé, se me desprende el bigote y lo cojo del suelo y me lo vuelvo a poner, pero se cae, ha perdido capacidad adhesiva; en la habitación tengo un pegamento especial, aunque no voy a salir a buscarlo, qué diría la chica de la entrada, tampoco puedo ir al masaje así, pensarían que me he afeitado en la sauna, que no es para eso, qué desastre.

Me lo intento sujetar de nuevo y en ese instante se abre la puerta y entran en el pequeño infierno mis padres daneses. Sonríen con naturalidad mientras se desprenden de los albornoces del hotel y se sientan, desnudos, en un banco que queda a mi izquierda. Yo permanezco con los dedos índice y anular apoyados en el labio superior, sujetando el postizo, no los puedo quitar de ahí, así que apoyo el codo en el muslo y adopto la postura del que piensa, mientras que de reojo veo el cuerpo de mi madre desnuda, también el de mi padre, la verdad. No quiero ver a ninguno de los dos, me turban, aunque los ojos se me van, y es que mi madre envejece muy bien en esta versión danesa y tiene mucho mundo o mucha sauna, no sé, porque se mueve con naturalidad y sabe cada cuánto tiempo hay que echar agua en las piedras infernales, y cada vez que coge la cuchara de madera y levanta el brazo yo le veo dos pezones enormes, como dos nudos esenciales que uno viene a la vida a desatar, no se viene a otra cosa. Además, cada tanto, salen y regresan mojados, o sea, que conviene alternar la sauna con la ducha, pero no puedo salir sujetándome el bigote, así que continúo pensando mientras me deshidrato porque no hay un solo poro de mi cuerpo que no se haya convertido en un surtidor, y, entonces, no sé por qué, empiezo a llorar, pero ellos no lo notan porque las lágrimas se mezclan con el caudal de sudor y puedo llorar cuanto me dé la gana sin provocar ningún escándalo en la sauna. Creo que lloro por ellos y por mí, porque no nos dio tiempo a nada, si tuviera valor y supiera danés —nunca hemos hablado el mismo idioma— les contaría los cuentos de Olegario que le cuento a David, su nieto, ellos no me contaron cuentos, sólo me dijeron que llevara cuidado, y a base de llevar cuidado he llegado a ser el jefe de los recursos humanos de una gran empresa de papel. El aire de la sauna me quema los pulmones cada vez que respiro y me pregunto si de verdad estoy en el infierno, con mis padres, tampoco ellos fueron buenos, entonces observo la puerta e imagino que alguien la hubiera cerrado por fuera, así que me da un ataque de claustrofobia y me levanto sin dejar de sujetarme el bigote para comprobar que está abierta, qué tontería, es una sauna, no el infierno, salgo y de paso me doy una ducha de agua fría sujetándome el bigote con los dedos y bebo agua de la ducha, aunque en una mesita de mimbre veo unos zumos de frutas que sin duda pertenecen a mis padres daneses. Cada vez que salen, beben y así no se deshidratan, está bien, te pueden traer cosas del bar, quién iba a imaginarlo.

Después de ducharme y de beber, una vez hidratado quiero decir, me dan ganas de llorar otra vez, así que entro de nuevo en el infierno sin dejar de sujetarme el bigote bien con la mano izquierda bien con la derecha, y esta vez me siento un poco más cerca de mi madre, que en esta versión nórdica es una anciana menuda de pechos diminutos y pezones grandes, de ahí que no haya sido muy vulnerable a las arrugas ni a la caída de la piel. Mi padre ha envejecido peor, tiene un poco de tripa, pero ha perdido en cambio ese gesto como de estar hipnotizado todo el tiempo; en cualquier caso, da gusto verlos juntos sin pelearse, han llegado a un acuerdo, ni siquiera discuten por mí, podemos estar juntos los tres sin que estalle un conflicto y lloro por eso, porque son felices y han perdido esa austeridad que los hacía tan tristes y que a lo mejor, más que austeridad, era pobreza.

Entonces se abre la puerta y se asoma la chica de la entrada para decirme en portugués que es el momento del masaje, de manera que cojo el albornoz y con él debajo del brazo, porque no puedo ponérmelo y sujetarme el bigote al mismo tiempo, me despido de mis padres daneses con la mano en la boca, como si tosiera —he descubierto que si toso puedo sujetar con más naturalidad el bigote—, y abandono con un fingido ataque de tos ese infierno pequeño. La chica de la bata transparente, o casi, me indica que me duche antes del masaje, es normal, por el sudor, no había caído, y es también una tregua, un respiro, un paréntesis para pensar qué hago. Entonces en la cabina de la ducha veo una pastilla de jabón que parto con los dientes, qué asco, para obtener un trozo con el que fabrico una pasta con la que el postizo queda más o menos sujeto al labio, estoy salvado, y salgo de la ducha, casi no me he dado cuenta de mi desnudez con la historia del postizo, a ella no le importa, me ofrece una toalla y la sigo por el pasillo secándome sin dejar por eso de mirarle el culo y de recolocarme el bigote que se desplaza con el movimiento del cuerpo.

Llegamos a una habitación sin ventanas, con dos camillas, vacías las dos, abandono la toalla en una de ellas y me tumbo en la otra con el sexo boca arriba, como Beatriz Samaritas en la peluquería. La habitación, pese al lujo del hotel, tiene un aire un poco cuartelero o de sala de autopsias, parezco un cadáver al que acabaran de asear antes de comenzar a analizarlo, pero en lugar de eso, de analizarme, la chica se da en las manos una crema y comienza a sintetizarme por los pies, desde donde asciende siguiendo el curso de mi sistema muscular, parece que lo creara en el momento de tocarme. Cierro los ojos y veo a la chica de la bata blanca dentro de mí; ha llegado a las ingles y casi lloro de gratitud, nunca me han tocado así, tienes que morirte para conseguir estas cosas. El bigote se está portando bien; si no muevo la cara, aguantará. Estoy dentro, con los ojos cerrados, y soy inmenso, un universo, y ella, la chica, es una estrella errante que recorre distancias siderales para llegar al vientre. Soy un muerto también sobre la camilla de una sala de autopsias y esta mujer que se inclina sobre mi vientre para relajar sus músculos está aseando mi cuerpo para que otra versión de mí mismo se reencarne en él, y pienso con un poco de pena, no mucha, la verdad, en Laura y en David, ella viuda y él huérfano, porque ha muerto el Jesús que conocían y está a punto de regresar mi cuerpo con otra identidad. El hombre del bigote postizo regresa. Quizá la orfandad no sea mala para David, yo puedo fingir que soy su padre durante un tiempo al menos, luego tendrá que buscar su propio padre, cuando sea mayor le pago un viaje a Madeira.

Por cierto, que en un momento dado me fijo en la camilla de al lado, vacía, y tengo la impresión de que sobre ella hay un hombre invisible recibiendo masajes de una mujer invisible, como si fueran un reflejo invisible de nosotros. La chica de la bata está haciendo círculos en torno a mis pezones, que se ponen duros, como si fueran los de una mujer, los de mi madre, también tengo su encía. Abro los ojos y veo su perfil inclinado sobre la tabla de mi pecho, está ejerciendo sobre él una violencia calculada, el escote de la bata se ha ahuecado un poco y aparece el tejido de la ropa interior que se despega del volumen del pecho, como si, más que una prenda interior, fuera un tegumento, una segunda piel que se desprende de ella, qué locura. Tras sintetizar el pecho, me manda dar la vuelta y he de llevar cuidado con el bigote, que va aguantando, quien no aguanta soy yo, porque al verme así, boca abajo, y sentir sus dedos cabalgando por mi culo con la suavidad de unos pasos sobre la arena de la playa, me pongo a llorar de gratitud, he sido tan austero y ella, la chica, podría ser mi hija, se asusta un poco al principio, pero luego comprende algo, no sé, el caso es que me da un beso en la espalda y unos golpecitos en la nuca, entonces me olvido del bigote y al levantar un poco la cabeza para contener el llanto lo veo caído a un palmo de mi boca, ella no se ha enterado, de manera que me lo coloco y se resbala por culpa de las lágrimas, o de los mocos, porque he llorado con mocos, como cuando era pequeño, qué descanso.

Salgo entero, quiero decir con bigote y todo, de aquellas dependencias y me voy a mi cuarto. Parece que me han cambiado el cuerpo, está nuevo, a estrenar, y me apetece estrenarlo, pero con quién. Lo primero es arreglar el bigote. Lo seco antes de ponerle el pegamento y me lo coloco frente al espejo. Me estoy estrenando. Paseo por la habitación y soy consciente del movimiento de mis piernas, del movimiento de mis brazos, de los latidos de mi corazón y de la cantidad de aire que desalojan mis pulmones. Me apetece leer y saco todo el cargamento esotérico del armario, no sé cuántas horas estoy allí, leyendo cosas del más allá, es decir, de la muerte, y de la reencarnación, qué ganas tengo de visitar a Beatriz Samaritas, cuando regrese al continente de mí mismo, podría pasar el resto de mi vida yendo de un lugar a otro de mí mismo, soy tan grande, somos tan inabarcables, lo dicen estos libros, he leído un artículo de Beatriz Samaritas que afirma que somos más grandes por dentro que por fuera, y es verdad, porque si cierro los ojos veo dentro de mí, por ejemplo, una playa, y, luego, en la orilla puedo colocar lo que quiera, a mi madre en su versión danesa paseando desnuda por la orilla, desnuda, como la vi en la sauna, con esos dos nudos que tiene por pezones desafiando al universo, como si preguntara si hay alguien en el horizonte capaz de desatar esos dos nudos, entonces aparezco yo y el cielo se nubla cuando aparezco yo, aunque no hace frío, pero se nubla porque a mí me acompañan los acontecimientos atmosféricos, aparezco, digo, con bigote, igual que Olegario, para que no se dé cuenta de que soy su hijo, y ella se queda quieta mientras me acerco con mi cuerpo nuevo, sin estrenar, y tomo sus pezones entre mis dedos y algo se empieza a desatar dentro de ella, porque se hace frágil y me mira con la expresión de las mártires, o sea, una mirada que pide que continúe desatando su cuerpo para alcanzar la perfección, y su cuerpo se deshace entre mis manos o, más que deshacerse, penetra en mí a través de mis manos, como una crema a través de los dedos, somos la misma cosa. El caso es que abro los ojos imaginariamente y veo la habitación, estoy sobre la cama y me he mojado, ella va a venir en seguida a cambiarme.

Somos más grandes por dentro que por fuera, sí, me limpio y continúo leyendo el artículo de Beatriz Samaritas, después bajo a cenar a uno de los restaurantes del hotel, no me apetece salir, aunque ha dejado de llover y debe dar gusto respirar. Entro en el ascensor, mi habitación está en la quinta planta, cierro los ojos y me doy cuenta, tal como decía Beatriz Samaritas en su artículo, de que no soy yo el que baja dentro del ascensor, sino que el ascensor es el que baja dentro de mí, creemos recorrer el mundo, pero no hacemos otra cosa que ir de un lado a otro de nosotros, porque el mundo está dentro y al recorrerlo nos recorre.

En el restaurante hay ancianos distribuidos por parejas, de cuatro en cuatro a veces, pero no veo a mis padres, habrán salido a cenar fuera.

Dormí en la cama más cercana al balcón, por si había un incendio, siempre me han parecido más seguros los balcones, incluso los situados en el quinto piso. En la cama de al lado pasó la noche la versión invisible de mí. Y es que además de subnormal y de muerto y de bastardo, también fui invisible durante algunas temporadas. Lo había olvidado, pero a veces recorría el barrio o subía al autobús con la pretensión de ser invisible, y lo cierto es que nadie me veía, quizá nadie me miraba. No sé cuándo dejé de practicar este juego, que también tenía sus riesgos, pero aunque yo lo abandonara la versión invisible debió de continuar creciendo en alguna dimensión paralela a la mía, tal vez por eso cada vez que viajaba por cuenta de la papelera estatal pedía que me reservaran una habitación doble; no era que buscara compañía, que también, sino por hacerle un sitio a aquel hombre invisible que sin yo saberlo, aunque lo intuyera, me había acompañado a todas partes como una de las traducciones posibles de mi vida. Sé que se acostó en la cama de al lado porque por la noche me despertó su respiración desesperada. Respiraba como un hombre agotado, como un sujeto para el que el sueño, más que una tregua, es una aspiración moral, un orden. Probablemente había llevado una vida desdichada sin que nadie le viera. Le dije que durmiera tranquilo, que ya estábamos juntos otra vez, y me pareció que su ritmo se volvió más pausado, de manera que al poco nos quedamos dormidos los dos.

Al día siguiente amaneció con sol. Después de desayunar salí al jardín y me di cuenta de las flores. Estaban por todas partes y tenían el tamaño y la forma de los sueños, pero carecían de olor. Descendí las escaleras que conducían al océano y de súbito advertí que aquella isla carecía de clima, aunque a veces lloviera, de manera que no se trataba de un lugar, sino de un estado, como el infierno, como el paraíso, como la conciencia, que aunque a veces está llena de flores son flores sin aroma. Las plantas que emergían de la conciencia volcánica de aquel lugar no tenían olor a pesar de ser grandes y con frecuencia obscenas. Me parece que así son las flores tropicales: pueden adoptar las formas más torturadas y carnosas de la conciencia, pero padecen el castigo de no desprender ningún aroma, de manera que uno no puede guiarse por el olfato para saber si actúa bien o mal, porque el olfato calla cuando la naturaleza volcánica de uno se pone en erupción.

Por una calle estrecha que se llamaba rua da Penha de França continué bajando hacia el océano, pero de camino encontré una pequeña iglesia en la que no entré, pues es seguro que también allí dentro habría otra versión de mí a la que no me apetecía ver. No podía hacerme cargo de golpe de todos los que he sido. Después, dejándome guiar por mi particular sentido de la orientación, comencé a alejarme de la zona turística donde estaban enclavados los hoteles y las tiendas caras, y anduve hasta dar con el verdadero Funchal, que resultó ser una versión de mi barrio: también tenía las aceras rotas. Por la rua do Carmo llegué a una intersección de calles, una especie de plaza minusválida o deforme, que es esa intersección o plaza que he visto en todas las ciudades del mundo a las que he ido y que es por la que yo buscaba la salida para escapar del barrio, para crecer y ser alguien, para huir de la muerte que me perseguía con la intención de cobrarse una deuda de juego. Era la misma y me quedé quieto olfateando las emanaciones que salían de los bares, porque los bares, al contrario de la conciencia y de las flores, olían a comida barata y aquello era real. Había llegado a la realidad y me tomé un respiro, empezaba a tomármelo, quiero decir, cuando de un portal negro de aquella calle rota salió un sujeto con bigote que llevaba un ataúd infantil debajo del brazo con la naturalidad con la que otros llevan una barra de pan. Le seguí a lo largo de la rua do Carmo durante diez minutos y le vi entrar en otro portal oscuro, como el mío, y subir la escalera. Supe que el ataúd era para mí, porque aquel portal era el mismo en el que me había jugado la vida frente a una caja de zapatos en la que cabía el mundo, mi mundo.

Así que no necesitaba huir porque también aquella traducción de mí en la que estaba muerto había seguido su curso, como la del hombre invisible, y en algún punto de esa otra dimensión aquel cadáver continuaba creciendo por su cuenta. Sólo tenía que ocuparme de buscar su tumba para llevarle algunas flores. Empezaba a comprender que mi existencia se acercaba a ese polo en el que los meridianos de la vida se encuentran. Por eso a veces era uno y a veces otro, porque todas las versiones de mí que habían huido en direcciones diferentes de aquella calle, de aquel portal, de aquel barrio, habían alcanzado el lugar de la intersección y yo pasaba de una dimensión a otra de mí mismo con la facilidad con que en tu casa vas del salón a la cocina, creyendo que eres el mismo en un sitio y en otro. Qué descanso.

Escapando de la rua do Carmo por una de sus salidas laterales llegué a dar a una calle que se llamaba *frigorífico* y allí me quedé helado no porque hiciera frío, no tiene que ver, sino porque comprendí que el frigorífico, cuando se es pobre, puede representar también una aspiración moral, un orden por el que uno pagaría cualquier precio, incluso el de no ser real. El caso es que me perdí contemplando remedos de supermercados y joyerías presuntas, como las de mi barrio, con relojes de plástico y cadenitas de cobre en los escaparates, me perdí, digo, pero no en el interior de Funchal, sino en el interior de mí, porque si es verdad que entre todas las calles del universo sólo hay una que conduce a ti, yo había dado con ella, Dios mío, era la rua do Carmo. De manera que aquellas tiendas y aquellas cacharrerías pretenciosas eran en realidad las zonas de mí mismo que más había descuidado por imitar a mis contemporáneos.

Podría haber comido en uno de aquellos bares baratos, reales, pero decidí que era más cómodo regresar a la zona del hotel, donde me esperaba la versión de mí en la que estaba muerto, mejor muerto que pobre, así que tomé un taxi y en la recepción del hotel me recomendaron un restaurante caro, donde me reuní con otros difuntos nórdicos o centroeuropeos, en una terraza que miraba al mar. Y apenas había empezado a atacar una langosta con cerveza cuando llegaron mis padres daneses y se pusieron en la mesa de al lado. Venían con un tipo sospechoso, un viejo de nariz afilada y sombrero colonial, simpático de profesión, que intentaba venderles algo. Me di cuenta en seguida de que pretendía engañarles por la mirada de mi madre y porque ahora hablaban en castellano, aunque muy mal. El viejo de la nariz afilada era español; me enteré también de que mi padre danés había trabajado en la Siemens y que después de la guerra, no sé de cuál, estuvo destinado en España, llegó a ser director de la Siemens de España, y tenía un recuerdo excelente de aquel país, aunque no de su idioma dominante porque lo mezclaba con pedazos procedentes del cuerpo del portugués y el italiano dando lugar a un puzzle que era preciso interpretar. En cualquier caso, comprendí que el viejo difunto del sombrero colonial era un sinvergüenza que aprovechándose de la nostalgia de mi padre danés intentaba sacarle el dinero de su fondo de pensiones para que lo metiera en un negocio seguro allí mismo, en Madeira, unos apartamentos que todavía no se habían construido o algo así, cada vez eran más los jubilados que vivían la mitad del año en Madeira, dijo, ahora son nórdicos o centroeuropeos, pero pronto vendrán los japoneses, un negocio seguro. Mi madre, aunque en esta versión danesa era muy educada, tenía cara de disgusto y no estaba disfrutando de las gambas grelhadas que el camarero acababa de servirles.

El viejo asqueroso se retiró antes que ellos, daba a entender que estaba en un hotel distinto, pero yo creo que vivía en una pensión de la rúa del frigorífico o así. Después de que se fuera, mis padres discutieron en danés y me pareció que mi madre estaba a punto de llorar. Luego, cuando se levantaron los seguí hasta el hotel, recogí la llave de la recepción detrás de ellos y oí que el recepcionista les anunciaba que la excursión por la isla, aplazada el día anterior por el mal tiempo, se llevaría a cabo al siguiente. Tomamos el mismo ascensor y pensé que quizá en aquel espacio tan estrecho podrían reconocerme: imaginé que me arrancaba el bigote y se producía allí mismo una escena emotiva, pero ni siquiera se fijaron en mí, parecía invisible. Mamá tenía un gran disgusto. El caso es que también su habitación estaba en la quinta planta, dos puertas más allá de la mía. Era un consuelo.

Me tumbé en la cama e intenté leer un libro sobre técnicas de visualización creativa, pero no podía prestarle atención: estaba excitado de saberlos tan cerca y preocupado por el malestar de mamá. Tenía que pensar algo para protegerles de aquel sinvergüenza. Bajé a recepción y me interesé por la excursión alrededor de la isla; todavía quedaban plazas, de manera que me apunté, así estaría cerca de ellos todo el día y podría echarles una mano si me necesitaban. Luego, al volver a la habitación, vi que en el techo del pequeño hall había una rejilla móvil del tamaño de un cuerpo a través de la cual se accedía a un túnel por el que seguramente discurrían los conductos del aire acondicionado y los cables de la luz. De ser así, el conducto comunicaría todas las habitaciones de aquella ala. La idea me excitó, así que le pedí a la versión invisible de mí mismo que investigara. Coloqué en la puerta el cartel de no molesten, con la ayuda de un taburete aparté la rejilla, y combinando la invisibilidad con la agilidad de un cadáver me incorporé sobre el conducto y comencé a gatear en dirección a mis padres. Atravesé sin problemas las dos rejillas que nos separaban y alcancé la de ellos. Del fondo de la habitación llegaban unos sollozos encendidos por la rabia que sin duda pertenecían a mamá. Papá intentaba calmarla en danés, pero advertí por su tono que no estaba dispuesto a renunciar a su idea, la que fuera, que según me temo consistía en cederle al estafador del sombrero colonial sus ahorros de toda la vida para participar en aquel oscuro negocio. Los imaginé arruinados a su edad, o sea, regresando a su versión española, y la idea me parecía insoportable, pero qué podía hacer yo. Era característico de papá meterse en líos que destrozaban los nervios de mamá. Aquella pelea me rompía el corazón, como cuando de pequeño los oía discutir desde mi cuarto aunque me tapara los oídos, porque sus gritos estaban ya dentro de mí. También allí, en cuclillas, me tapé los oídos y me llegaron los lamentos daneses con la misma perfección con que entonces me llegaban los españoles y aunque no los entendía me torturaban tanto como aquellos. Sentí tal odio hacia mi padre que casi abro la rejilla y me planto en medio de la habitación arrancándome el bigote, como el que saca una espada, para ponerme al lado de mamá. Pero actuaba en mi versión invisible y ni siquiera eso habría servido para nada. Así que me di la vuelta y regresé a gatas a la habitación, donde recuperé en seguida mi traducción visible, pues me vi, al pasar, en el espejo del cuarto de baño. Tenía tal disgusto que estuve el resto de la tarde tumbado en la cama, fumando un cigarrillo tras otro, o sea, un Winston continuado, y no salí de la habitación hasta el día siguiente, a la hora de la excursión.

El autocar partió después del desayuno, a las diez de la mañana. Yo me senté en la parte de atrás, desde donde había visto subir a mis padres y, pegado a ellos, el viejo español con su sombrero colonial, por encima de cuya cinta aparecían manchas de sudor como las que yo veía asomar por encima de los azulejos en la cocina de mi casa. Se colocaron cuatro o cinco filas más allá de la mía, mamá junto a la ventanilla y mi padre en el asiento que daba al pasillo, para poder hablar con el canalla de la nariz afilada, que había ocupado el mismo lugar de la fila contigua. Nos dieron un pequeño plano de la isla, que tenía efectivamente la forma de un riñón inflamado, donde venía marcada nuestra ruta con un trazo de rotulador: iríamos por la costa hasta Ribeira Brava y desde allí la cruzaríamos para alcanzar su extremo norte, donde comeríamos en un pueblo llamado San Vicente, qué casualidad, el nombre de mi padre español.

El guía nos advirtió que a lo largo de aquel recorrido de apenas cincuenta quilómetros atravesaríamos las cuatro estaciones del año, de manera que aunque salíamos de una situación veraniega encontraríamos por el camino pedazos del otoño y restos del invierno, aunque también alguna que otra porción primaveral: lo mismo que me sucedía a mí, que a veces, al cerrar los ojos, pasaba sin orden ni concierto de las zonas más cálidas de la imaginación a los territorios más inhabitables del pensamiento. Estaba un poco sobrecogido por esta perspectiva de ver fuera lo que llevaba dentro, y comprobé en seguida que no me faltaban razones, pues una vez que llegamos a Ribeira Brava e iniciamos el ascenso hacia el norte, el paisaje se puso sombrío y por entre los desgarros de la niebla empecé a ver los rincones más inaccesibles de la conciencia, de los que el guía afirmaba que en los días despejados estaban llenos de barrancos sobrecogedores junto a los que el coche marchaba a diez por hora, pues la carretera era irregular y estrecha como los caminos del alma. Ascendíamos por un puerto de montaña que nos alejaba del nivel del mar a la velocidad con que se pasa de una dimensión a otra y, efectivamente, era invierno, un invierno húmedo que empañaba los cristales del autocar, a través de los cuales, sin embargo, podían apreciarse las formas más torturadas de la inteligencia. A veces, en el medio de la carretera aparecían bloques de piedra cavernosos y oscuros, como las obsesiones, que caían de la cornisa a la que se pegaba instintivamente el autobús para evitar la cercanía del precipicio abierto al otro lado. Otras veces, alcanzábamos mesetas de lava de las que salían de forma irregular mechones de hierbas que evocaban esas porciones enfermizas de pelo que aparecen en las cabezas calvas de los que han logrado sobrevivir a un desastre nuclear. Con todo, lo más sobrecogedor era penetrar en los túneles abiertos en la roca, e iluminados con tubos de neón o bombillas minusválidas, por los que se filtraba el sudor oscuro del remordimiento. Y el guía, sin ninguna piedad, se complacía en relatar en distintos idiomas el origen volcánico de todas aquellas deformidades que llevábamos dentro, aportando detalles curiosos tales como que la isla carecía de fauna y que ésa fue una de las rarezas que llamó la atención de sus descubridores, que no tenía mamíferos, sólo aves y algún reptil, y eso antes del incendio, pues la isla había sido devastada por un incendio que duró siete años, quizás setenta, no lo sé, en cualquier caso había sido un fuego tan intenso como aquel en el que había ardido yo. Y luego, al parecer, se repobló con especies traídas de otros sitios, con ambiciones que no le pertenecían, pero que habían arraigado en aquel suelo oscuro que procedía del vómito gigante de un volcán de esperanzas.

Yo miraba de vez en cuando a mis padres, y así como mamá iba con la cabeza vuelta hacia la ventanilla, papá no paraba de hablar con el español a través del pasillo que los separaba. Yo habría preferido que se fijara más en el paisaje, pues nunca le había hablado de mí ni de la forma que habían adoptado sus miedos cuando con ellos repoblé los territorios desforestados de mi personalidad, qué palabra sin cosa, la personalidad, pero él parecía hechizado por las historias que el otro le contaba de España, entre las que mezclaba hábilmente el gran negocio de Madeira, sin explotar aún. Subvenciones de la Comunidad y apartamentos.

Cuando comenzamos a descender de nuevo en dirección a San Vicente, la bruma se despejó y de súbito apareció un pedazo de mar iluminado por el sol, fue un instante magnífico, como cuando levantamos una obsesión y vemos debajo de ella, resplandeciente, un deseo cumplido. Comimos en un restaurante de la costa y luego paseamos por el pueblo, que estaba separado del resto de la isla por las crestas montañosas de las que procedíamos. Yo iba siempre unos pasos detrás de mis padres de quienes no se separaba ni un momento el español, que era viudo, se lo había oído decir durante la comida, aunque los viudos tienen otro aspecto; un viudo ha de parecerse a un ataúd porque lleva algo muerto dentro y lo que llevas dentro acaba por afectar a tu aspecto exterior, de manera que los viudos son verdaderos estuches y eso es lo que los hace atractivos, a las viudas también, que tienen como un aire de recipiente en cuyo interior reposa, incorrupto, un recuerdo sin vida. Por cierto que el cementerio de San Vicente era muy especial, todos lo son, ya lo sé, pero éste estaba lleno de lagartijas, algunas sin rabo, yo pensé que se lo habría arrancado un niño muerto que reposaba en una tumba que parecía de juguete: pones esa tumba en el escaparate de una juguetería y parece otra cosa; me hice la ilusión de estar enterrado allí, dentro del ataúd que llevaba debajo del brazo el hombre de Funchal, y me recé algo. En general no me enteré muy bien de las cosas que nos contaba el guía, aunque las repetía en una especie de español para el viejo canalla y para mí, porque iba obsesionado con la idea de librar a mis padres de ese sujeto de nariz afilada, tenía la nariz como Pío XII en una foto de cuando murió, todavía me acuerdo.

En lugar de volver por el mismo camino que habíamos venido, nos llevaron por una carretera pegada a la costa desde la que se observaban algunas deformidades naturales: fue como viajar por el ala de un sombrero usado: a un lado la pared con manchas de sudor, y al otro el vacío en cuyo fondo se distinguía un océano herido por el sol. Llegamos de este modo a Porto Moniz, me parece, nunca he tenido la impresión de alcanzar el centro de mis vísceras como ese día: se trataba de una punta de la isla, el extremo donde el riñón se redondea un poco para acoplarse a la región lumbar, si te pierdes ahí no vuelves, pero nosotros regresamos en seguida al autocar porque los viejos parecían cansados, y emprendimos la vuelta por una carretera que después de ascender por un puerto de montaña más húmedo y oscuro que por el que habíamos venido, nos colocó en seguida en el centro del invierno, un invierno más desapacible también que el de la mañana, porque el sol había empezado a caer y no tenía fuerza para calentar los sucesivos velos de niebla que nos separaban de él.

En esto, el coche patinó un poco y en seguida se quedó quieto. El conductor salió afuera y luego se asomó para anunciar que habíamos pinchado. Había que desalojar el autocar mientras cambiaban la rueda, y el guía nos animó a contemplar lo poco que se podía ver de los alrededores, porque sólo eran visibles las nubes bajas que llamamos niebla, y aunque los ancianos más previsores se habían llevado la chaqueta del chándal, la mayoría de nosotros iba de verano, así que nos quedamos cerca del autocar como para aprovecharnos del calor del motor. Los viejos nórdicos movían las manos y los pies con gesto deportivo, como si así se desprendieran del frío, aunque lo que intentaban quitarse de encima era el miedo, tenían miedo de los bultos en torno a los cuales se espesaba la niebla, porque intuían que lo que había al otro lado no era un paisaje, sino un conjunto de glándulas o de órganos glandulares, no sé, o de remordimientos.

Estábamos en un lugar especialmente tenebroso, porque a los lados de la carretera, entre la niebla, se adivinaban formaciones rocosas oscuras y afiladas de cuyas grietas surgían plantas raras, sin olor, llenas de hojas grandes que parecían manos húmedas en actitud de solicitar una limosna. En esto, me vuelvo hacia mis padres y veo que están solos; reviso el grupo y no encuentro el sombrero colonial. Me retiro un poco y gracias a uno de esos visajes que hace la niebla cuando se desgarra como un algodón podrido, distingo el sombrero al lado de la carretera. Me acerco allí disimuladamente y resulta que el canalla español, mi compatriota, está meando al borde de un precipicio y observa caer el chorro en las profundidades de mi conciencia con el gesto del que se mea en el mundo entero desde esa altura moral desde la que el mundo no es mucho más que un hormiguero. Me acerco a él con las manos bajas, como si yo fuera a hacer lo mismo, y me hace un sitio con esa sonrisa con la que ha seducido a mi padre danés. Estamos en el interior de un grumo de niebla, a unos metros tan sólo del autocar y del resto del grupo, pero tan aislados de ellos como si nos encontráramos a miles de quilómetros o quizá en una dimensión paralela a la que no tuvieran acceso. Visto de cerca, el viejo es muy frágil, el sombrero le da un volumen que no tiene, parece un esqueleto con ropa, un espantapájaros. Levanto el brazo derecho y él continúa sonriendo, luego le empujo por el hombro, como si fuera una estatua al borde de un acantilado, y cae sin creerse que cae, se lo noto en la cara, cae de espaldas porque se ha dado la vuelta y me moja un poco los pantalones antes de que se le corte la meada. No ha chillado porque también se le ha cortado la respiración. El sombrero ha quedado a mis pies, pero le doy una patada y vuela dócilmente hacia las profundidades. Qué sencillo.

La niebla se ha espesado como un puré y aunque no estoy nervioso me extravío durante algunos segundos, creo que voy en dirección al autocar, pero no lo veo, me da miedo, nunca sabemos qué puede aparecer bajo la niebla del espíritu si de repente se levanta. Entonces oigo la voz del guía, y en seguida, como un espesamiento de la niebla, aparece el bulto del autobús. Me uno al grupo despacio, acariciándome el bigote, como si en lugar de separarme de él hubiera deambulado por sus alrededores, y comenzamos a subir ordenadamente al coche. Tengo la pernera del pantalón más mojada de lo que creía, pero se secará, todo se seca, me coloco en mi sitio y observo a mis padres buscando al español, sólo ellos se han dado cuenta de que falta. El autocar arranca y mamá se vuelve hacia la ventanilla, no es su problema, pero a mi padre le saca del asiento la culpa, o el miedo, o la ambición, no sé, el caso es que se acerca al guía y habla con él. El autocar se detiene de nuevo, descienden el conductor y el guía y se escuchan sus gritos amortiguados por la niebla. Entre los viejos hay una atmósfera de peligro, ya no se ve nada al otro lado de los cristales. Regresan y preguntan quién ha visto al sujeto del sombrero blanco, pero no lo ha visto nadie, yo tampoco. Me ofrezco a encabezar un grupo de observación al que se apunta papá. No se ve nada, es como si construyéramos el suelo a medida que lo pisamos. Volvemos al autocar y el conductor decide que si no nos vamos en seguida ya no podremos salir de allí hasta el día siguiente. Los viejos aprovechan la información para ponerse insolidarios: es mejor llegar al primer lugar con teléfono y avisar a la policía. Así se hace.

En resumen, llegamos a Funchal y entramos en el hotel con el gesto afligido de un equipo de fútbol que ha perdido el partido o que ha tenido más bajas de las previstas. Los viejos se reúnen con los viejos y yo me voy a mi habitación a leer cosas de la otra vida, o de ésta, pero que parecen de la otra, como esa versión invisible de mí que reposa en la cama de al lado, le oigo respirar, estamos juntos, todas las versiones de mí que escaparon de aquel barrio atroz se están reuniendo en este momento de mi vida, además he unido a mis padres también, están al fin unidos en el interior de mi cabeza y he saldado una deuda, ya no les debo nada, me parecía que la vida era un conjunto de fragmentos como los que forman los cristales de un vaso roto sobre el suelo, y esos pedazos han comenzado a aproximarse como cuando pasas la película de un desastre al revés, se encuentran los fragmentos, digo, y forman un sujeto que soy yo, un hombre articulado, una geografía definida de la que se puede levantar un mapa, aunque ese mapa tenga la forma de un riñón, como Madeira, o de un hígado, como el pensamiento, el caso es que sabemos dónde están colocados sus bordes y dónde termina el órgano y comienza la prótesis, porque ahora sé que mi identidad o mi personalidad, qué palabra, era una prótesis con la que intenté sustituir la función de la inteligencia, qué inteligencia podía salir de aquella calle, Dios mío, qué clase de inteligencia que se atrevió a administrar los recursos humanos de una empresa de papel, un papel en el que los otros escribían su vida porque tenían una novela de ella y sabían desde dónde la debían contar y en qué persona, no yo, que había huido de aquel barrio para ser alguien y me encontraba ahora intentando dar con un espacio real, la realidad, también, qué palabra. ¿Había sido real mi existencia en la empresa de papel? Creo que no, que la realidad debe ser otra cosa, a lo mejor otra cosa peor, más mala, algo atroz, en fin, como la respiración un poco agónica del hombre invisible que también soy yo y que padece un insomnio transparente en la cama de al lado.

Ahora leo una carta al director de una de estas revistas esotéricas de Luis, el huelemierdas, que es un hombre real, donde un sujeto cuenta que un día al entrar en la pensión en la que vive se encontró a sí mismo sentado en el borde de la cama, atándose los zapatos; no le dio miedo, dice, de manera que se acercó para tocarle, pero el otro se abalanzó sobre su cuerpo y se metió en él desapareciendo entre la carne. Así desapareció también un día de mi vida aquel niño que se hacía el invisible, pero que aún lloraba dentro de mí. Y desapareció con éxito, pues nadie le veía aunque no había muerto, había vivido otra vida distinta de la mía y tenía, como yo, ganas de descansar. Durmamos.

Al día siguiente de volver de Madeira, estaba en el apartamento preparándome para visitar a Beatriz Samaritas, con quien había concertado una cita antes del viaje, cuando llamaron a la puerta. Era el huelemierdas de Luis, le había empezado a crecer el pelo gracias al champú y no podía creérselo. Quería más, los drogadictos siempre quieren más. Una vez que se enganchan puedes hacer con ellos lo que quieras. Naturalmente se dio cuenta en seguida de que aquel apartamento no era una oficina ni nada parecido, pero no se atrevió a decir nada; si se atreve, no le doy más champú. No se lo di de todas formas. Le dije que el proceso de fabricación era muy lento y que no tendría preparada otra remesa hasta la semana siguiente.

—Con el viaje a Madeira —añadí— he descuidado los asuntos del laboratorio, pero si me das una tarjeta te llamo dentro de unos días.

Había perdido el gesto de suficiencia anterior y daba gusto verle implorar con los ojos una dosis. Me ofreció dinero, el que quisiera, pero le dije que no era un problema de dinero, aún no había pensado en comercializarlo y me gustaba regalárselo a los amigos. Me apuntó un teléfono en el que podría localizarlo a cualquier hora y se fue porque le dije que tenía prisa y le daba miedo contrariarme; además, lo de la prisa era verdad: tenía que encontrarme con Beatriz Samaritas para ir cerrando círculos. O abriéndolos, no sé. Me encontraba poseído de una fortaleza excepcional desde la muerte del sujeto del sombrero colonial, cuyo cadáver aún no había podido ser rescatado cuando abandoné Madeira, tan hondo cayó. Los periódicos apenas dedicaron unas líneas al suceso, quizá para no perjudicar al turismo, principal fuente de ingresos, junto a las subvenciones, de la isla. Pero yo, cada que vez que viajaba desde entonces por los despeñaderos de mi conciencia y me asomaba a una de sus hendeduras más profundas, olía los restos del cadáver y sabía que si había sido capaz de eso sería capaz de cualquier cosa. Además, antes de volver de Madeira había conseguido cenar un día al lado de mis padres, en el hotel, y habíamos intercambiado nuestras direcciones. Quedé en visitarlos si algún día viajaba a Copenhague. De momento, no tenía pensado desplazarme hasta allí, era preciso antes clausurar otros círculos, pero el saber que estaban tan a mano, a un par de horas de avión, me daba fuerzas también para seguir adelante, para vivir con la seguridad de que en esta nueva versión de mí ganaría la batalla. No es que antes me hubiera ido demasiado mal, pues había llegado a controlar los recursos humanos de una gran empresa de papel, pero también es cierto que no había alcanzado esa importante posición con mi verdadera identidad, sino con una prótesis, un artefacto, en fin, no un órgano. Mi inteligencia universal no dejaba de decirme que Luis, el huelemierdas, había ganado la oscura batalla que se inició en aquellas calles de mi barrio, y, con él, todos los huelemierdas del mundo, incluido el director de personal de la empresa de la que había sido despedido por imitar la lógica que ellos mismos me habían enseñado. Pero la guerra comenzaba de nuevo y yo tenía junto a mí al muerto y al invisible y al bastardo, y también al tonto, al subnormal: con ese ejército y la experiencia adquirida en la anterior conflagración, llegaría a las puertas de Roma después de vencer en Tesino, Trevia, Trasimeno y Cannas. No sé por qué de la historia universal del colegio sólo he logrado conservar un buen recuerdo de Aníbal, que perdió un ojo en los Pirineos. Siempre lo vi como una especie de Olegario que intentó adaptar la realidad a sus sueños y que eligió el sueño al comprender que la realidad jamás se adaptaría a ese vaciado. Era hijo de Amílcar Barca y hermano de Asdrúbal, todavía me acuerdo.

Beatriz Samaritas tenía la consulta muy cerca de lo que en otro tiempo había sido mi barrio. Me recibió vestida con una larga y ancha túnica en la que ocasionalmente se dibujaban sus formas como los músculos bajo la piel de un atleta. Creo que me enamoré de ella en seguida, ya lo estaba en realidad desde que vi sus piernas en la peluquería, desde que supe que el bigote de mi padre que llevaba yo era de su pelo. Ella no se dio cuenta en seguida, pero también se enamoró de mí. Por otra parte, tampoco advirtió que mi bigote era suyo; no dijo nada al menos, aunque me encargué de provocarla a lo largo de la sesión. Le pregunté si debía afeitarme el bigote y me dijo que no, que era excelente, y que le iba muy bien a mi personalidad porque ocultaba las intenciones de mis labios, que era lo mismo que había pensado yo cuando me decidí a usarlo. Acertó a la primera mi signo del zodíaco.

Vivía sola, eso se notaba en seguida y era ambiciosa y fría, porque a pesar de lo que yo le había gustado no hizo ni dijo nada que lo demostrara. Por otra parte, presumió de conocer a políticos y periodistas influyentes: tenía una pared de la consulta llena de fotos en las que aparecían ella y Luis en compañía de ministros y secretarios de Estado socialdemócratas. Echaba las cartas sobre una mesa camilla que me recordó a la de mis padres. Yo había aprendido en los libros que leí en Madeira que tener facultades paranormales no le hace a uno más bueno. Por lo general, se piensa que las personas que frecuentan otras dimensiones están poseídas de una bondad que ese trato proporciona, pero no es así, primero porque en las otras dimensiones, como en ésta, también hay deseos y los deseos tienden a la satisfacción como los agujeros a llenarse. Se paga cualquier precio por eso, por satisfacer un deseo, y aunque es verdad que ese precio está corregido por la moral del mismo modo que el sector público socialdemócrata corrige las desigualdades del mercado, también es cierto que la moral es patrimonio de las clases medias y bajas, que no han evolucionado espiritualmente y se encuentran atrapadas en un conflicto de intereses entre su deseo y el deseo de los otros. Cuando consigues escapar de ese estadio de conciencia pequeñoburgués, vas al mercado y tomas lo que quieras sin preguntar a quién pertenece o cuál es su precio. Yo había empezado a tomar las cosas que quería porque había evolucionado más que cualquier socialdemócrata de mierda, cuyo deseo se llena con un coche de importación o una casa con jardín. Mientras me echaba las cartas cerré un momento los ojos para hacerme cargo de mi universo y vi flotando en él a Beatriz igual que un cuerpo celeste en el espacio. Estaba atrapada sin saberlo dentro de mí y cuando ella hablaba de mi futuro, estaba al mismo tiempo diseñando el suyo, aunque no podía saberlo. El deseo más fuerte es el de morir, el de estar muerto, para aplacar tensiones. Nos morimos por eso, porque el cuerpo es un agujero que sólo se llena del todo con la muerte. Yo había alcanzado ese deseo en vida, lo que me daba una fortaleza excepcional frente a quienes ni siquiera tenían conciencia de que lo que de verdad deseaban más que ninguna otra cosa era estar muerto.

—El ahorcado —dijo señalando una carta cuyo dibujo habría asustado a otro consultante— significa renovación, muerte de lo viejo. Da la impresión de que has comenzado una nueva vida, de que de golpe tus horizontes se han ampliado.

—Sí —dije yo.

—Quizás un cambio de trabajo —añadió ella—, pero no, es algo mucho más fuerte que eso.

—Sí —señalé yo—, es mucho más que eso.

Por un momento, advertí que Beatriz estaba desconcertada, como si se enfrentara a un abismo nuevo para ella. Pero era más que un abismo también, aunque no lo supiera: en realidad se estaba asomando a un universo de dimensiones desconocidas, un universo en el que quizá se vio flotar a sí misma y le dio miedo. No quería seguir, le apetecía hablar, pero le dije que volviera a extender las cartas y que buscara un cadáver. Se puso nerviosa y la tranquilicé en seguida con mi sonrisa universal. Vio varios muertos, entre otros a mis padres españoles, pero ninguno de ellos era el viejo del sombrero colonial. Sus facultades no llegaban a tanto, aunque era buena en su trabajo. No era raro que acudieran a ella políticos y periodistas influyentes. La tensión entre nosotros había crecido: aunque yo le resultaba atractivo, no podía disimular una inquietud con la que no sabía qué hacer. Miraba en dirección a las cartas para evitar mis ojos. Le dije entonces, cambiando de tono, que había leído un artículo suyo en una revista esotérica y eso la tranquilizó. A los brujos, en general, les tranquiliza mucho que les acaricies la vanidad, de manera que continué tocándosela un rato todavía y me confesó que ambicionaba tener su propia publicación. Ése era su deseo: dirigir una revista de fenómenos anormales: ninguna de las que había en el mercado le saciaba y tenía excelentes ideas, aunque no acababa de encontrar el dinero.

—El papel es caro —señalé.

—El papel es lo de menos —dijo ella.

—Yo trabajo en una empresa de papel. Llevo los recursos humanos. He estado en Madeira porque quizá montemos allí una fábrica con subvenciones de la Comunidad. Te podría orientar, respecto al papel.

Me miró de nuevo con actitud recelosa y entonces le pregunté si conocía a Luis al tiempo que lo señalaba en una de las fotos que tenía por la pared.

—Claro —dijo—, ha copado todas las revistas del sector.

—Pues lo tengo en mis manos. Podría hacer con él lo que quisiera. Vuélveme a echar las cartas, ahora para ver el amor.

Beatriz movió las cartas en círculo, las juntó y me pidió que hiciera tres montones con la mano izquierda. Descubrió la primera de cada uno de ellos, alternativamente.

—Tienes una pareja estable. No te va mal con ella, pero aquí aparece otra mujer que entra con una fuerza impresionante en tu vida. Ayúdame un poco, ¿la has conocido ya?

—Sí —dije—, eres tú.

Intentó dominarse un poco, pero no podía. Ningún consultante la había mirado hasta entonces como yo; además se notaba que había archivado en el lugar adecuado la información sobre Luis el huelemierdas y le estaba dando vueltas.

—¿De verdad conoces a Luis? —preguntó.

—Claro, vivíamos en el mismo barrio, cerca de aquí. Él parece mayor que yo por la alopecia, pero se la estoy tratando con un crecepelos de mi invención. Ya ha empezado a salirle.

—¿Eres tú el del elixir ese que le está devolviendo el pelo?

—¿Te lo ha contado?

Se lo había contado, es decir, que se veían con frecuencia, es más, Beatriz pertenecía a Luis, lo adiviné en ese momento, Beatriz formaba parte de las posesiones de Luis, de sus territorios. Los socialdemócratas estaban desviando su capacidad inversora hacia los recursos humanos; yo había estado en el centro de sus intereses inversores sin saberlo, por eso me echaron, porque no sabía lo que tenía entre las manos. Cada día, desde que estaba muerto, comprendía algo nuevo, así que en ese instante comprendí que ahora compraban cuerpos, orientales o europeos, según el precio de mercado y las expectativas de alza. Beatriz era una buena inversión: se revalorizaría en seguida porque sobre ella se podía edificar cualquier sueño. Yo empecé entonces a edificar el mío, mi sueño, y aunque hubiera podido tocarla, lo noté, preferí no hacerlo porque había perdido las prisas en Madeira. La prisa produce una tensión indeseable entre lo que uno es y lo que quiere llegar a ser. La prisa surge del miedo a no ser nada, que era el miedo más común en aquel barrio del que había salido, de ahí que yo mismo me apresurara a ocupar la jefatura de recursos humanos de una empresa de papel estatal o estatal de papel, no sé, el caso es que por culpa de la prisa había dejado en el camino a un tonto y a un muerto y a un bastardo y a un invisible, es decir, todo aquello que había constituido el núcleo de mi verdadera identidad, porque un puesto como ése, el de los recursos humanos, sólo se puede alcanzar con una prótesis. La socialdemocracia es una prótesis.

Así que abandoné la consulta en el momento justo, porque el rompecabezas de mi vida no dejaba de armarse y yo tenía que acudir a mover otra pieza. La de Beatriz estaba ya cerca de su sitio, pero no podía encajarla hasta que solucionara otras cosas.

Al día siguiente, antes de subir al apartamento, compré un paquete de tabaco. Se me había olvidado fumar desde que volviera de Madeira, aunque ya no podía hacerme daño. Me puse una taza de café y mientras el cuerpo del primer cigarrillo se deslizaba hacia el mío, medité sobre la necesidad de poseer un cuerpo algo más sólido que aquel con el que hasta entonces había venido manejándome. Entonces, en una esquina de la mesa, vi el montón de libros y revistas sobre el más allá que me habían acompañado hasta Madeira y comprendí que aquellos libros eran cuerpos porque poseían una estructura anatómica común al resto de los cuerpos, aunque esa anatomía estaba soportada por algo inmaterial, quiero decir una obsesión o un alma, como todos. Creo que comprendí de súbito que la escritura es un cuerpo lleno de órganos de todas las medidas, quizá por eso antiguamente los libros se encuadernaban en piel. Decidí entonces que yo necesitaba un cuerpo de aquel tipo, y que debía, pues, ponerme a escribir en seguida para colocar mis riñones y mi hígado y mi corazón fuera de mí, sobre una hoja de papel que debidamente encuadernada junto a otras diera lugar al surgimiento de una anatomía fisiológica o patológica, en fin, no sé, con la que identificarme. Necesitaba esa anatomía antes de seguir colocando otras cosas y decidí que la levantaría sobre el papel del Estado para que tuviera mucho cuerpo. De súbito, me dio un ataque de prisa, pero esta vez no era una prisa mala, dicen los médicos socialdemócratas que un cierto grado de estrés no es malo porque te mantiene en tensión y de esta forma compites con ventaja en el mercado.

De manera que estimulado por esta dosis terapéutica de estrés salí a la calle y me dirigí a la papelera del Estado, a donde no había vuelto desde entonces, aunque me pareció que llevaba toda la vida fuera. Al director de personal le costó un poco reconocerme por culpa del bigote y porque ya no estaba tan calvo como cuando trabajaba con ellos, pensó que se trataba de una prótesis, así que le invité a que me tirara del pelo para que viera que era mío; del bigote, curiosamente, no sospechó nada, así son las cosas. Me recibió en seguida porque en realidad ya no era director de personal, sino un sujeto derrotado que vagaba por los pasillos de la empresa como los fantasmas de algunos muertos deambulan por las habitaciones de los lugares en los que han vivido: hay muertos a los que les cuesta desprenderse del plano material y viven durante siglos apegados a lo que quisieron ser o a lo que fueron, eso dicen los socialdemócratas de los trabajadores, y las revistas del más allá de los muertos. Su despacho lo ocupaba ahora un depredador de treinta años que despedía sin contemplaciones. Me han ofrecido una indemnización de mierda, dijo, pero adónde voy yo a mi edad, el mercado está saturado de gente joven dispuesta a pisarle el cuello a su padre por un contrato de seis meses. Se puso a llorar allí en medio del pasillo, de manera que lo arrastré hacia el servicio más cercano y nos pusimos a mear los dos de cara a la pared, aunque a él parecía que iban a fusilarlo porque miraba todo el rato hacia atrás, como si tuviera a la espalda un pelotón de ejecución esperando la orden de disparar. Cuando se calmó un poco lo llevé a un área de descanso, donde había máquinas de café, y le pregunté que cómo lo quería. Lo quería con leche y con azúcar, yo le dije que así no llegaría a nada, el café socialdemócrata es solo y sin azúcar, con sacarina en todo caso, pero se trataba de un hombre muy apegado a su existencia anterior, por eso le habían quitado el despacho, los tipos que toman el café con leche y mucha azúcar no resultan suficientemente competitivos. Mientras sorbía su brebaje, me preguntó que cómo me iba a mí afuera, aunque se trataba de una pregunta retórica, porque yo estaba muy rejuvenecido gracias al pelo nuevo y al bigote, de todos modos no pudo evitar preguntarlo porque le costaba creerse que afuera hubiera salvación, de hecho hablaba del afuera con el mismo tono que otros utilizan para referirse al infierno. Le dije que a mí me iba bien, tenía varias cosas entre manos, precisamente acabo de llegar de Madeira, donde he estado haciendo un análisis de los recursos humanos de la isla, quizá montemos allí una papelera con subvenciones de la Comunidad, me gusta este negocio, el del papel, y además no sé hacer otra cosa. Se lo creyó en seguida, no porque fuera verosímil, sino porque tenía la necesidad de creérselo, había caído en esa necesidad de creerse cualquier cosa que le distrajera un poco de su angustia laboral. Necesitaremos un buen jefe de personal, añadí, pero no sé si crees en la movilidad geográfica. Creía en todo, el pobre, en la movilidad geográfica y en la funcional, además de en la necesidad de reformar continuamente el mercado de trabajo que está lleno de miserables como tú, le dije, que se creen que un puesto de trabajo es una posesión para toda la vida, de todos modos intentaré que no hayas de irte hasta Madeira, ahora tengo contactos importantes, gente que come en mi mano porque me debe favores. Les hablaré de ti, a ver si es posible que te devuelvan el despacho. Estaba muy agradecido, mucho, no me dejaba marchar porque de súbito yo representaba para él un horizonte, o quizá un guía capaz de conducirle sin tropiezos por el mundo de las tinieblas exteriores. Durante aquellos días, por lo visto, no podía pensar en otra cosa que en la muerte, prefería estar muerto a acabar en el paro o vendiendo pañuelos de papel en un semáforo, eso dijo. Le señalé que estaba exagerando un poco las cosas, después de todo muerto no se estaba tan mal, aunque esto último me lo callé por si se animaba, no quería encontrármelo en el otro lado, bastante lo había tenido que soportar en vida, además yo tenía prisa por hacerme un cuerpo de palabras en papel del Estado, había ido allí a por papel, de manera que le ordené que entrara en algún despacho y me trajera un paquete de papel con mucho cuerpo; quería comprobar, le dije, la cantidad de sucedáneo, de pasta química, en fin, que el Estado le pone a su papel. Al despedirnos, para que me dejara en paz, le di el teléfono de mi apartamento, señalándole que allí tenía una consultoría donde podía llamarme cuando le diera la gana.

Volví al apartamento con el papel en brazos, como si fuera un niño desnutrido al que acabara de recoger en la calle y que necesitara de todos mis cuidados. Luego tomé un bolígrafo y empecé a narrarme desde el domingo aquel en el que, encerrado en el cuarto de baño de mi casa, padecí un ataque de angustia del que me liberó el descubrimiento del bigote en la caja fuerte del armario. A medida que las palabras se ordenaban, formando un cuerpo que no había podido ni soñar que existiera, mi existencia iba adquiriendo un orden insospechado y funcional. Cada fragmento estaba en su lugar, como los órganos en el interior de un cuerpo bien constituido, y todos esos fragmentos se relacionaban entre sí del mismo modo que el hígado con el estómago, o los pulmones con el páncreas. En fin, la escritura era un cuerpo complejo, aunque vertebrado en torno a una obsesión o dos, como la vida misma, y yo lo veía crecer con asombro y mientras crecía le iba haciendo la autopsia, de manera que una cosa me llevaba a otra. Por ejemplo, ahora sé que el incendio de Madeira se relaciona oscuramente con el incendio en el que fallecieron mis padres españoles; por eso tuve que ir a Madeira, no por casualidad, no existe eso, la casualidad, sino porque ellos sólo podían surgir de nuevo de las cenizas de un lugar previamente incendiado. Mis padres españoles fallecieron en un incendio, aunque no murieron a causa de las llamas, sino del humo, es decir, que primero fue el humo y luego las llamas, pero de las llamas ellos ni se llegaron a enterar.

Yo había ido a verles aquella tarde porque, cuando el trabajo de los recursos humanos en la papelera del Estado me dejaba un respiro, iba a ver cómo se consumían, no por animarles a que dejaran de hacerlo, todos nos consumimos, está en nuestro proyecto, sino para que se sintieran mirados, por eso he dicho que iba a verlos, porque no hacía otra cosa que mirarles, nunca habíamos hablado y ahora ni ellos ni yo sabíamos hablar, creo que llegué a pensar que mi padre debajo del bigote no tenía labios, por eso se cubría esa zona del rostro como con una cortina de pelos. Un día intenté contarles lo de los recursos humanos para ver si se sentían orgullosos de mí, pero no lo entendieron, tampoco yo lo entendía, la verdad, de manera que renuncié en seguida y luego cada vez iba a mirarlos con menos frecuencia porque al día siguiente de mirarlos me encontraba muy mal y no acertaba a distribuir adecuadamente los recursos, ya digo, humanos de mi empresa. Para distribuirlos bien, necesitaba olvidarme de dónde había salido, pero no podía olvidarlo si entraba una o dos veces a la semana en aquel barrio y en aquel portal en el que me había jugado la vida contra Paca y Emérita, quiero decir que la existencia de mis padres resultaba un poco incompatible con el cuerpo social que intentaba construirme en la papelera del Estado. También por eso digo que no se trataba de un cuerpo verdadero, sino de una prótesis con la que me manejé malamente, ya lo hemos visto. Ellos, en fin, eran un estorbo, de ahí que cada vez los visitara menos, eso creo. Aquella tarde hacía frío y me pidieron que les encendiera el brasero de la mesa camilla para calentarse los pies, yo todavía llevaba su calor, el del brasero, en los míos a pesar de que hacía muchos años que no introducía mis piernas bajo aquellas faldas. Les había comprado una estufa eléctrica, pero a ellos les gustaba el infiernillo de carbón, no habían conocido otra cosa, de manera que me puse a ello sabiendo el peligro que significaba, pero valorando también, es cierto, las ventajas de una muerte tan dulce, porque cuando el brasero comienza a quemar mal despide un humo invisible que te envenena la sangre a través de los pulmones y te quedas dormido antes de morir, de ahí que se conozca como la muerte dulce, da gusto morirse de ese modo. No pasa siempre, pero a veces sucede, el caso es que les encendí el brasero y luego me marché a la empresa para continuar administrando los recursos. Tenía la ilusión de llegar a director de personal si los administraba bien. Precisamente, acababa de poner en marcha un proyecto muy ambicioso, en el que colaboraba un equipo de sociólogos socialdemócratas dirigidos por mí, que consistía en elaborar el perfil del tipo de trabajador que aquella empresa iba a necesitar durante los próximos veinte años si quería sobrevivir y resultar competitiva, o al revés. Era como jugar a ser Dios en cierto modo, porque en aquel informe capital para nuestro futuro lo que hacías en realidad era lo que hará Dios el Día del Juicio Final: colocar a tu derecha a los justos y a los pecadores a tu izquierda. Yo elaboraba minuciosamente aquel perfil y conocía con veinte años de antelación a aquellos que no tenían ninguna posibilidad de sobrevivir en el paraíso socialdemócrata que diseñábamos en la papelera del Estado, de manera que a veces en la calle o en el restaurante contemplaba a la gente y sabía en seguida por sus gestos los que estaban llamados a ocupar la diestra de Dios, o su siniestra, en ese paraíso. Creo que cometí un error porque me salió un perfil de justo que no encajaba exactamente con el mío, o sea, que yo mismo me dejé fuera sin darme cuenta, quizá por eso descubrieron que era tonto, la verdad es que no puedo echarle la culpa a nadie, yo mismo me expulsé del paraíso, como Satán, aunque no por orgullo, sino porque aquel paraíso me producía cierto malestar. Por aquellos días del Proyecto Depredador, como le llamábamos familiarmente en la empresa, fallecieron mis padres. Fue una muerte fortuita, ya digo, nadie sabe de qué depende que el carbón de un brasero comience a emitir de súbito los gases de la muerte dulce, pero cometí el error de ocultar que había sido yo el que encendió ese último brasero y en esa negación incorporé a mi vida una culpa que puso en marcha la zona destructiva inherente a toda prótesis, véase Frankenstein, Luzbel, y demás construcciones imaginarias que se rebelan contra sus creadores. En una situación normal mi perfil habría encajado a la perfección con el del Proyecto Depredador y yo estaría ahora de director de personal de la papelera del Estado. En cualquier caso es un alivio poder colocar este suceso en el interior de un cuerpo narrativo, porque aunque tenga mal aspecto, el mismo que un páncreas o un hígado fuera de su lugar, uno sabe que cumple una función precisa dentro de ese cuerpo: no podríamos vivir sin los jugos que el páncreas proporciona al estómago. La muerte de mis padres, vista así, dentro de un conjunto de órganos que se interrelacionan, fue necesaria, primero para que yo me separara de aquel portal y luego para que pudiera volver y rescatar al tonto, al muerto, al bastardo, al invisible. Por otra parte, se trató de una muerte antigua, la muerte dulce, ahora se muere de otro modo y no era justo que mis padres, viniendo de donde venían, hubieran tenido una muerte contemporánea, tan llena de sufrimientos y catéteres. Lo malo fue el incendio, se ve que al acomodar el cuerpo para morir dulcemente uno de ellos empujó las faldas de la mesa camilla hacia las brasas y se incendió la tela, pero ya digo que la autopsia reveló que cuando se incendiaron ya habían fallecido. No se abrasaron en vida, pues, el que se abrasó en vida fue el hijo, yo me morí abrasado en aquel fuego, por eso me gustó tanto Madeira, porque era el producto natural de un abrasamiento como aquel del que yo procedía. En fin.

No podía parar de escribir, me olvidé de todo, de la china y de Luis, el huelemierdas. A casa llegaba muy tarde, cuando el niño estaba dormido y ya no le contaba cuentos de Olegario, porque sentía que si se los contaba a él no podría escribirlos y ahora lo importante era escribir porque a medida que rellenaba de palabras el papel del Estado se hacía más real la sensación de carecer de cuerpo. Quiero decir que al contar mi existencia de este modo, mi cuerpo se transformaba en un fluido que volaba hasta el papel, como el humo del tabaco hacia los pulmones, y en el interior de ese papel se transformaba de inmediato en el cuerpo de la escritura, yo iba desapareciendo en aquel cuerpo, en el de las palabras, pero en esa forma de desaparecer accedía a algo real, tocaba con la punta de los dedos la realidad porque escribir era al fin una experiencia real. De manera que me despertaba muy pronto, antes que Laura, me colocaba el bigote de la bruja Beatriz y salía a la calle cuando aún no había amanecido. Como ya apenas tenía cuerpo, más que caminar, flotaba por las calles oscuras hasta el apartamento donde mi verdadero cuerpo me esperaba sobre la mesa para que continuara construyéndolo. Y yo lo construía con el empecinamiento del campesino que se despierta al amanecer para dar de comer al ganado, no puede dejar de hacerlo porque el cuerpo del ganado representa el propio, del mismo modo que para el carpintero un mueble es en realidad la metáfora del suyo. Comprendí entonces, escribiendo, que no se puede vivir sin cuerpo, es imposible, pero para llegar a él has de negarlo colocándolo fuera de ti, en una vaca o en un mueble, o bien, en un conjunto de hojas del Estado sobre las que vas bordando, como en un tapiz, las letras que constituyen la musculatura de tu vida.

El problema es que estaba tan centrado en esta actividad que comencé a descuidar el disimulo y Laura debió de notar que era otro, también el niño, creo, el caso es que hace unos días estaba trabajando aquí, en el apartamento, rodeado de libros sobre el más allá, ya tengo muchos, no compro otra cosa, cuando sonó el timbre de la puerta, yo pensé que era Luis que venía a por su ración de crecepelos, le di hace poco cinco frascos para que me dejara en paz, pero se trataba de Laura. Había investigado y sabía que ya no trabajaba para el cuerpo del Estado, de manera que averiguó de algún modo lo del apartamento y vino con intención de sorprenderme. Lo primero que vio cuando le abrí la puerta fue mi bigote, se quedó espantada unos segundos por la presencia de la prótesis capilar, no sabía qué hacer, yo creo que estuvo a punto de marcharse creyendo que se había equivocado, la verdad es que ya llevaba algún tiempo un poco asustada por la violencia con la que me crecía el pelo en las zonas desertizadas del cráneo. Después entró apartándome sin violencia y se fijó en las cuartillas, aunque no se dio cuenta, menos mal, de que mi cuerpo estaba dentro de ellas, de manera que no intentó destruirlas, las echó un vistazo y en seguida volvió a contemplar el bigote con espanto. ¿Qué es eso?, preguntó. Un bigote, dije, igual que el de papá (me salió papá, no sé por qué, en lugar de padre), ¿es que no puedo llevar bigote, como él? De súbito su espanto se transformó en ira y se arrojó contra mi rostro con las uñas fuera, con intención de arrancármelo, pero desde que no tenía cuerpo mi agilidad era enorme y me aparté de la trayectoria de sus uñas como una columna de humo golpeada por el viento. Entonces me contempló la cabeza, que estaba ya completamente cubierta de pelo gracias al champú del bigote y creo que por un momento pensó que también eso era una prótesis. ¿Piensas que es artificial?, le pregunté. Pues no, mira, y al tiempo que la invitaba a mirar me di dos o tres tirones fuertes que la dejaron convencida, eso creo. De todos modos, estuvo contemplando alternativamente el pelo de la cabeza y del bigote como si presintiera que entre ambos hubiera una oscura relación. Y la había, pero no dio con ella, era imposible. Se acercó de nuevo a la mesa y despreciando el cuerpo de mi propia escritura, se fijó en los libros sobre el más allá, quizá porque eran ya cuerpos enteros, acabados, y podía comprenderlos mejor. En ese instante, mientras leía con un gesto de horror los títulos de aquellos cuerpos, quizá acabó de convencerse de que yo era definitivamente otro, a pesar de ello me habló como si fuera el mismo. ¿Qué está pasando?, preguntó. Yo la veía como si me hiciera señas desde otra dimensión —a veces las dimensiones se comunican— porque estuvo un rato hablando de nosotros y de David conteniendo las lágrimas, era como si moviera los brazos desde muy lejos invitándome a volver, pero yo estaba definitivamente en otro sitio porque sus señales me llegaban muy debilitadas, casi sin significado, de manera que no respondía a ellas, me limitaba a pasear de un lado a otro acariciándome el bigote y preguntándome cuánto tiempo duraría esta interferencia que ensuciaba mi percepción de la verdadera realidad. En un momento hasta intentó que nos abrazáramos, pero cómo iba a abrazar yo a un ser de otra dimensión, no podía, de manera que la rechacé, y creo que fue eso lo que transformó su pena anterior en ira. Así que le salió el lado práctico, dijo que hiciera con mi vida lo que me diera la gana, pero que no iba a permitir que me olvidara de mis responsabilidades. En seguida me di cuenta de que estaba hablando de la indemnización que me habían dado en la papelera del Estado. Yo le dije que no quería esa indemnización, con el paro me bastaba, además tenía varios asuntos entre manos. He inventado un crecepelos, añadí, y a lo mejor monto en Madeira una fábrica de papel con subvenciones de la Comunidad. Continuó allí un rato todavía intentando hacerme volver de la dimensión en la que me encontraba, creo que pensó que si lograba hacerme regresar, aunque fuera un instante, quedaría atrapado en la lógica sentimental de sus palabras y luego, con un tratamiento adecuado, ya no podría escapar de aquella dimensión. ¿Qué le digo a David?, preguntó, y yo noté que ése era su último recurso, me hizo gracia, todos guardamos una última bala para nosotros mismos y ésa era la suya, pero también me dio un poco de pena, la verdad. Durante un tiempo pensé que David y yo éramos la misma cosa, pero el niño que yo buscaba en él estaba en realidad dentro de mí, ahora ya lo sabía: toda tu vida depende de lo insaciable que sea el niño que llevas dentro, o de lo triste que esté, pero también de la prisa que tenga por obtener lo que desea. Yo había escuchado llorar a mi niño dentro de mí, llevaba años encerrado en un cuarto oscuro que hay en el interior de mi pecho y estaba desnutrido y ciego, no sabía quién era, tenía que dedicarme a él, a ese niño, me necesitaba más que David, así que dije que David ya encontraría a su verdadero padre, ésa es una de las tareas de la vida, buscar a un padre y encontrarlo. Después de que esa bala que había intentado utilizar contra mí le reventara el paladar se fue y yo sentí que habíamos cortado entre ella y yo el último vínculo por el que permanecía conectado al mundo de los vivos.

Al poco de que se marchara, salí a la calle y me dirigí al banco para transferirle la indemnización antes de que mi presencia en este mundo se borrara del todo. No hubo problemas, casi fue una liberación desprenderme de esa carga que me mantenía apegado al plano material de la existencia, así que para celebrarlo estuve paseando un poco por las calles, como si me despidiera de ellas también, aunque en realidad las había incorporado ya al cuerpo de la escritura, lo que era un modo de quedarme con ellas para siempre. Me acerqué a la calle de mis padres y contemplé desde la acera de enfrente el portal húmedo en el que me había jugado la vida, también busqué la rendija por la que mi calle se conectaba con la Quinta Avenida, pero no la hallé porque habían edificado mucho desde entonces, la casa de mis padres se conservaba milagrosamente entre un conjunto de edificios nuevos, en la fachada se podía apreciar todavía el daño del incendio, luego fui hasta el colegio en el que había imaginado la posibilidad de fabricar un bigote como el de mi padre para hacerme pasar por él en los momentos más difíciles de la vida escolar, que habían sido muchos, demasiados, me acerqué también a los grandes almacenes en los que tras perderme había sido adoptado por un padre que no era el mío. Entonces, aunque no sé en qué momento, se completó el proceso, quiero decir que yo dejé de ser Jesús y me transformé en Olegario, un héroe de novela, así que la escritura funcionaba, había levantado el cuerpo de un héroe sobre el papel del Estado, y ese héroe había adquirido tanto cuerpo, era, en fin, tan real, que podía moverlo por cualquier escenario sin salir del apartamento.

Escribir me debilitaba mucho, quizá por la pérdida de masa corporal que implicaba, de manera que cuando el número de cuartillas alcanzó una altura razonable, comencé a combinar esta actividad real con otras imaginarias que me servían de descanso. Así, por ejemplo, a media tarde bajaba al sex-shop, reclamaba a la china desde la cabina habitual y jugaba un poco con ella, la china había comprendido mi fascinación por los autómatas y ya apenas tenía que hacerle indicaciones. Nos instalamos pues en una rutina venérea saludable, al fin y al cabo la mayoría de la gente no maneja más de cinco o seis fantasías sexuales a lo largo de toda la vida, a mí me sobraba con ésta, no había tenido otra y a estas alturas me daba pereza cambiar de fantasía y de cabina. Ella, después de que yo eyaculara sobre el papel de cocina del Estado, me hacía a veces señas que interpreté como una súplica de que utilizara el teléfono y el nombre en clave que me habían dado antes de marcharme a Madeira, en presencia de Luis, para que pudiéramos vernos fuera del escaparate. Pero yo hacía como que no la comprendía porque veía en su expresión una llamada de auxilio que resultaba improcedente, y, la verdad, algo siniestra en una autómata. Daba la impresión de querer escapar de aquella caja y por alguna razón había colocado esa esperanza en mí. De la cabina del sex-shop, en fin, aun tratándose de una actividad imaginaria, salía casi tan debilitado como de las sesiones de escritura, en este caso por la pérdida de masa seminal, aunque también por el conflicto en el que me colocaban las demandas de auxilio de la china, creo que me recordaba, ahora lo comprendo, a uno de los muñecos móviles que iba a ver con mi padre cuando salía de misa los domingos. La escena representaba un cuarto de estar de clase media, con una mesa camilla debajo de cuyas faldas sin duda ardería un brasero, un infiernillo; sentado a esa mesa camilla aparecía un abuelo de gesto bondadoso que liaba eternamente el mismo cigarrillo, ajeno por completo a una escena brutal que se llevaba a cabo en otra esquina de la misma habitación, donde una autómata con cara de loca y pelos de estropajo golpeaba con una escoba a una criada de ojos achinados que miraba al espectador como implorando su ayuda. Muchas noches fantaseé con la posibilidad de meter la mano en la caja y rescatar a la criada china para llevármela a mi cuarto, a mi cama, donde quedaría a salvo de los golpes de la loca. No lo hice, claro, porque consideré que ya era mayor para tener muñecas, además los niños no juegan con muñecas, pero también porque siempre veía a los autómatas de la mano de mi padre que con esta escena se reía mucho. Para hacérmela comprender mejor, me mostraba insistentemente los restos de un jarrón de porcelana, quizá de porcelana china, esparcidos en un rincón de aquel cuarto de estar, se ve que la criada lo había roto sin querer mientras limpiaba el polvo condenándose a recibir eternamente aquellos golpes que la loca descargaba sobre su cabeza en series de cuatro. Entre serie y serie abría la boca lanzando un grito mudo cuyo silencio todavía me traspasa, quizá ahora más que entonces, porque ahora, gracias a los libros sobre el más allá, sé que tengo un karma o algo así, es decir, un conjunto de culpas que vas arrastrando de una existencia a otra hasta que te liberas de ellas y accedes a un estadio diferente. Pensé, pues, que quizá también yo estaba condenado a no salir de la cabina del sex-shop (y era imposible saber si mi zona era más o menos envilecedora que la de la china), mientras no reparara aquella falta de mi infancia. Ahora no contaba con la presencia de mi padre, en cierto modo mi padre era yo mismo, de manera que podía meter la mano en la caja y arrancarla de allí. A medida que esta idea se iba convirtiendo en un bulto móvil en el interior de mi cabeza, el rostro de la china del sex-shop y el de la mujer de la caja de autómatas se confundían, quizá fueran la misma, aquella autómata de mi infancia podría haber sufrido un proceso de extrañamiento por el que se había transformado en una mujer de carne y hueso, hay precedentes, Pinocho, que era de madera, se alienó en un niño de carne.

No obstante, la actividad irreal más arriesgada fue espiar a Laura y a David, aunque sólo lo hice una vez, creo que para comprobar que aun siendo irreales no habían perdido cierta capacidad para hacerme daño, a mí siempre me ha hecho más daño lo irreal; los vi salir del portal a primera hora, iban de la mano en dirección al colegio del niño, que estaba cerca de casa, la más imaginaria de los dos era Laura, sobre todo si dabas en pensar que era forense, si pensabas que Laura era forense y que yo había llevado la gestión de los recursos humanos de una empresa de papel, te dabas cuenta de lo imaginaria que había sido mi existencia, no era raro que ahora necesitara un poco de realidad, sin realidad no se puede vivir, como sin cuerpo, la mayoría de la gente se relaciona con su cuerpo como si fuera una inversión, aunque a mí me parece que es un gasto. Por cierto, que una de las discusiones teóricas más importantes entre los gestores de recursos humanos, al menos antes de que yo me retirara, era si al personal había que contabilizarlo como inversión o como gasto. Los más avanzados, los socialdemócratas, pensaban que un empleado era una inversión, invertían en gente, la compraban, iban al mercado de cuerpos, les hacían análisis de orina y tests de inteligencia, y decían éste sí, éste no; yo era el encargado de señalar los atributos que debían tener los cuerpos que compraba mi empresa, teníamos nuestro propio control de calidad, Dios mío, no se puede llevar una existencia más imaginaria, sobre todo si recordábamos los barrios de los que habíamos salido, y por si fuera poco había ido a casarme con una forense que me llenaba la casa de autopsias, he leído dos mil, dos mil autopsias, todas las que caían en mis manos, como si buscara la mía para saber la calificación que me daban hasta después de muerto. Toda la vida pendiente de la calificación de los otros, de su mirada, para construirme una identidad, que resultó ser una prótesis, con la que poder salir de aquel barrio y triunfar, y ahora resulta que no había salido o que había abandonado en él al niño que me lloraba por las noches, ese niño minusválido y bastardo y muerto e invisible.

Si lo pensaba bien, quizá el huelemierdas de Luis había llevado una existencia más real que yo, porque Luis ya mostraba habilidades socialdemócratas cuando éramos pequeños, era un verdadero gángster, en el sentido más noble que tiene esta palabra, no necesitó construirse otra identidad, salió del barrio con la misma que lleva ahora. Lo miras apoyado en la barra del bar del sex-shop y si fuerzas un poco la vista ves también al huelemierdas de entonces, podemos decir que ha sido un tipo coherente, por eso transmite esa impresión de estar hecho de una sola pieza.

Por cierto, que estaba escribiendo estas líneas cuando llamaron a la puerta y era el Papa de Roma, como dicen, o sea el mismo Luis, ya no se le veía la calva, creo que se había quitado diez años de encima. Se lo dije: parece que te has quitado diez años de encima. Venía con un poco de miedo, por si le recibía de malas maneras, pero yo llevaba varias horas escribiendo y me apetecía un descanso, así que le invité a sentarse; también él contempló el montón de cuartillas y los libros sobre el más allá con cierta aprensión. Venía con intención de negociar, estaba harto de que le pasara la pócima en dosis de drogadicto de medio pelo y quería negociar un acuerdo definitivo. Se sentó en el sillón y yo ocupé la silla desde la que escribía, para estar cerca de mi cuerpo. Estoy haciendo un informe, dije golpeando las cuartillas con un dedo, sobre las posibilidades de Madeira, creo que vamos a montar allí una empresa de papel, el papel es lo que más me gusta, he tenido ofertas para hacer otras cosas, pero ninguna de ellas arde tan bien como el papel. A lo mejor me voy a Bélgica para negociar una subvención, no sé, o a Dinamarca para buscar un socio. Podría haber dicho lo que me hubiera dado la gana y él habría contestado que sí con la cabeza, contestaba a todo que sí con la cabeza. Le pregunté que de dónde sacaba él el papel para sus revistas sobre el más allá y me dijo que no se ocupaba directamente de eso, pero que creía que lo fabricaban en Finlandia, o quizá en Dinamarca, no se acordaba bien. En Dinamarca tengo contactos, dije yo, acordándome de mis padres daneses, creo que la nostalgia de ellos me golpeó en alguna zona blanda, porque tuve que sonarme las narices para que no notara que se me saltaban las lágrimas. Algunos de los negocios del holding no son míos, añadió él, los llevo para otros a cambio de determinados favores, ¿comprendes? Creo que intentaba decirme que trabajaba para gente importante, de hecho me confesó que la división sexual del holding pertenecía a un ex ministro, pero yo no tenía por qué asentir a todo lo que él decía, de manera que puse cara de no entender muy bien. ¿Entonces eres un hombre de paja? ¿Un testaferro? Creo que no le gustó mucho la expresión, pero sonrió con docilidad, qué iba a hacer el pobre, lo tenía cogido por los pelos, como él a mí cuando éramos pequeños, todavía me duele el cuero cabelludo de los tirones que me daba cuando no le gustaba cómo me hacía el subnormal. En cualquier caso, compuso un par de gestos de incomodidad con los que quería decirme que a ser posible no le obligara a perder la dignidad del todo, en ese instante me recordó al viejo del sombrero colonial cuyo cadáver se descomponía en la zona abisal de mi conciencia. Consideré durante unos segundos la posibilidad de matarle, o de destrozarle el rostro dándole un frasco de ácido sulfúrico en lugar del crecepelos, lo tenía en mis manos. Dime una cosa, Luis, añadí como si me interesara mucho su opinión, si tú tuvieras que contar en un libro nuestra infancia, ¿qué es lo que más destacarías de ella? Se quedó pensativo, quizá porque no sabía qué tipo de respuesta esperaba yo, o quizá porque lo había olvidado todo, cuando vives una vida verdadera la memoria es una balsa de aceite, una lámina; los grumos aparecen cuando has dejado cuentas por saldar y Luis había pagado todas las cuentas, no llevaba dentro a un niño insatisfecho, a lo mejor ni siquiera llevaba dentro un niño, porque habían crecido juntos el niño y él. No sé, dijo, era un barrio curioso, todavía recuerdo el día en que llegó el primer teléfono a nuestra calle, parece que hemos salido de otro siglo, yo destacaría eso, lo del teléfono; ahora, cada vez que pongo un fax, me acuerdo del primer teléfono que vi, era negro, en aquella época todo era negro. Qué listo, pensé yo, si sabes dar respuestas como ésa no tienes ninguna necesidad de fabricarte una identidad artificial, crece contigo como las piernas y los brazos y la lengua y los dientes, de manera que no has de dedicarle una atención especial. En eso era admirable este socialdemócrata de mierda, por un momento pensé que el mundo se dividía entre gentes como él y gentes como yo. La gente como yo necesitaba amuletos, pócimas, cuentos en general, para abrirse camino en la vida, y para comprenderla. Si no fuera por nuestra capacidad para la magia, ya nos habrían destruido, de hecho nos están destruyendo, no hay más que ver el perfil de trabajador que yo mismo elaboré para la papelera del Estado. Decidí que no le preguntaría nada más sobre aquel barrio, porque había sabido contestar y se merecía un respiro. Mira, le dije, cambiando de tono y de conversación, el crecepelos no quiero comercializarlo masivamente de momento, así que no insistas en eso, estoy metido en un proceso de divorcio, todavía no hemos hecho la separación de bienes, y no quiero que los beneficios de la pócima vayan a engordar los gananciales. Ahora bien, necesito dinero líquido, he fundido la indemnización de la papelera porque estoy invirtiendo aquí y allá, hemos comprado unos terrenos en Madeira, ya sabes. Por otra parte, tampoco quiero que empresarialmente se me identifique con el crecepelos, a mí lo que me gusta es el papel, prefiero quedarme en la sombra, de manera que necesito un hombre de paja, un testaferro, ¿entiendes? Yo puedo pasarte una cantidad de crecepelos semanal, la que acordemos, para tu propio consumo y para que la vendas por ahí en pequeñas dosis, ya ves que no es necesario darse mucho, y tú me vas pasando un dinero, el que acordemos también, según la cantidad que yo consiga, aún no lo sé, he de ir al laboratorio, lo tengo un poco descuidado el laboratorio por culpa del informe sobre Madeira que es lo que más prisa me corre. Luis decía a todo que sí, creo que mientras hablábamos construía escenas fantásticas en las que se veía a sí mismo vendiendo dosis de crecepelos a todo el equipo de gobierno. Pero aún hay dos o tres cosas más, añadí haciéndole regresar a la realidad; verás, tengo un amigo en la papelera del Estado en la que trabajaba yo al que le están haciendo la vida imposible, era el jefe de personal, imagínate, y ahora lo tienen en el pasillo. Y no es que no se lo merezca, es uno de esos tipos de la antigua cultura, lleno de hábitos nefastos, imposible de reciclar, me parece, pero es muy dócil también, le pisaría el cuello a su padre por la empresa, ya sé que eso no es una virtud, hoy día cualquiera le pisa el cuello a su padre, pero es que este pisacuellos es amigo mío, a lo mejor más adelante me ocupo yo de él, pero hasta entonces quiero que le den un despacho y que le encarguen informes, es muy bueno realizando informes. ¿Qué clase de informes?, preguntó Luis. Largos, informes largos, es un hombre dotado para el informe largo, dije. Luis había sacado una agenda socialdemócrata, de piel, qué redundancia, y tomaba apuntes en ella con la diligencia de un buen secretario. Hay otra cosa, añadí, te dije que eran dos o tres cosas, en realidad son tres y ésta es la segunda: verás, tengo mucho interés por Beatriz Samaritas, esa bruja que escribe horóscopos en las revistas del más allá de tu holding, sería una estupenda directora de revista esotérica, o sea, que dale la dirección de una de esas revistas, hazlo por mí, ¿lo harás? Luis asintió sin dejar de tomar misteriosas notas en la agenda. Y ahora va el tercer deseo, pareces el genio de la botella, puedes hacerlo todo, él sonrió satisfecho, y yo le dije que quería que me regalara a la china. ¿Qué china?, preguntó. La del sex-shop, estoy encaprichado con ella. Luis mordió el bolígrafo de oro socialdemócrata, otra redundancia, y pareció dudar. ¿Qué pasa?, dije yo. Bueno, no, nada demasiado importante, lo único que es ilegal y cuanto menos se mueva por la calle mejor, ¿para qué la quieres? Para tenerla aquí mientras trabajo, necesito a alguien que cuide un poco de todo esto y me prepare un café de vez en cuando, no saldrá del apartamento, no te apures. Entonces no hay problema, dijo, cuando te canses de ella nos la devuelves y si quieres te la cambiamos por otra, orientales nos sobran. Hay otra cosa, añadió aguantándose la risa, verás, esta chica, la china, lo sé porque me la he tirado varias veces, no sabe en realidad que está en España, su sueño cuando pagó a la organización para que la sacaran de su país, era llegar a Dinamarca, por lo visto su madre trabaja en Malasia, o en Singapur, o en China, no sé de dónde viene exactamente, para el sector editorial español: monta libros infantiles, de esos troquelados que llevan mucha manipulación y aquí serían carísimos de hacer, el caso es que estaba harta de ver en su país cuentos de hadas que sucedían en Dinamarca, de manera que ese país era para ella el paraíso, así que la hicimos creer que esto era Dinamarca. A Luis le dio un ataque de risa mientras yo me hacía con esa historia un esquema aproximado del mundo: la madre de la china montaba a precios de esclava libros repletos de valores socialdemócratas para nuestros hijos; nosotros, sus padres, nos tirábamos a la hija por cuatro duros; entre tanto, el impresor español que antes hacía ese trabajo estaba en el paro. Luis dejó de reírse para quejarse un poco: nos envían también muchas vietnamitas y ucranianas, a mí todas me parecen iguales, cada una con su idea de Europa, es un lío, sobre todo porque el mercado está saturado, a esta tuya le faltan tres años para liberarse, trabajan cuatro años para la organización a cambio de que las saquemos de allí, así que tienes tiempo para aburrirte de ella, cuando quieras, ya digo, te la cambiamos, orientales nos sobran.

Esa tarde me enviaron a la china, tenía realmente el tamaño de una muñeca, le toqué las articulaciones y los brazos y percibí aquí y allá durezas que delataban sus orígenes mecánicos, como si la metamorfosis no se hubiera realizado del todo. Es cierto que se percibían al tacto cantidades apreciables de carne y hueso, aunque todo ello en porciones muy escasas. Su equipaje cabía envuelto en una toalla y lo de más valor para ella eran tres o cuatro cuentos infantiles en cuya portada vi paisajes nórdicos. Después de lavarla y de darle en el pubis calvo una dosis del champú del bigote, la introduje conmigo en la cama, como me habría gustado hacer con aquella otra muñeca del espectáculo de autómatas, ya digo que quizá eran la misma, y la protegí con mi cuerpo de las amenazas de la vida. Ella sólo sabía decir cerdo europeo y cuatro cosas más que repetía intermitentemente, de manera arbitraria; lo cierto es de todos modos que una vez que había metido la mano en la caja para sacarla del escaparate, no sabía muy bien qué hacer con ella, no se me había ocurrido que al quedármela contrajera unas obligaciones que iban más allá de lavarla, vestirla y peinarla, además de darle de comer, hay muñecas que comen. Comprendí que me encontraba de nuevo ante un conflicto moral, ni muerto lograba desprenderme de estos conflictos de la clase media, la escritura era realmente un cuerpo complejo, había superado estos problemas morales en las primeras páginas, no entendía por qué tenían que regresar de nuevo, sobre todo después de haber matado al viejo del sombrero colonial, pensé que eso sería una vacuna para defenderme de estas manías pequeñoburguesas relacionadas con la moral, pero no tenía nada que ver una cosa con otra: estuve a punto de devolver a la china a la caja del sex-shop hasta que comprendí de súbito que, si la llevaba a Dinamarca y la abandonaba allí a su verdadero sueño, me liberaría al fin de ese compromiso, de todos modos yo tenía que viajar a Copenhague para visitar a mis padres daneses y hacerme cargo de mis verdaderos orígenes, porque yo era Olegario, en fin, un héroe bastardo que después de toda una vida dedicada a practicar el bien para los otros, tenía que averiguar quién era, porque un héroe lo soporta todo, no hay sufrimiento excesivo para un héroe, excepto el de no saber quién es. La decisión de viajar a Dinamarca era pues anterior a la obligación de dejar allí a la china. Esa noche me senté con ella en el salón del apartamento y con mucha paciencia le expliqué que en realidad no se encontraba en Dinamarca, me costó mucho hacérselo entender, porque además de expresarnos en idiomas diferentes, ella no sabía muy bien qué cosa podía ser España o Francia o Alemania; me di cuenta de que desde que saliera de su país, el que quiera que fuese, estaba realizando un viaje imaginario, como si la hubieran drogado en un prostíbulo oriental, y mientras daba placer de manera mecánica a un cliente occidental que jadeaba encima de su cuerpo, ella viajara con su imaginación por una geografía fantástica llamada Europa por la que se llegaba a Dinamarca, en eso se parecía a mí, yo me había quedado atrapado también en aquel barrio cuyo jefe era Luis, mientras viajaba imaginariamente por lugares de ensueño como la Quinta Avenida de Nueva York. En cualquier caso, cuando entendió que se había equivocado de fantasía y que en realidad no se encontraba en Dinamarca se echó a llorar, lloraba de manera mecánica, también en eso se notaban sus orígenes: sus gemidos evocaban el roce de dos metales de diferente textura. Entonces la senté en mis rodillas, como a una muñeca, y acariciándole la melena, que tenía la rara perfección de los pelos sintéticos, le expliqué para que se calmara que estaba dispuesto a llevarla a Dinamarca, no sé cómo logré que me entendiera, pero lo hizo: era para ella un lugar mítico ese sitio, también para mí, en eso éramos iguales.

Una vez que le hice esta promesa, yo ya no conseguía pensar en otra cosa. Me acordaba de mi madre danesa, de los nudos sin desatar de sus pezones, e intuía que quizá también en relación a ella tenía yo un conjunto de culpas de las que me debía desprender antes de acceder a otro estadio. También con mi padre había algo pendiente, una conversación quizá, con los padres sólo puedes intercambiar conversaciones. Pero lo más importante era conocer su ciudad, vivían en Copenhague, y entrar en su casa para ver cómo era mi dormitorio, que seguramente había sido ocupado por otro niño, el que se hizo pasar por mí cuando ambos nos perdimos en unos grandes almacenes a los que habíamos acudido para ver a los Reyes Magos. De todos modos, no dejaba por eso de atender a las cuestiones de orden práctico: durante los días que siguieron llené el cuarto de baño del apartamento de frascos de champú para el bigote y puse a la china a trabajar, se pasaba el día trasvasando el champú desde sus envases originales a unos frascos de plástico en los que cabían cinco o seis dosis, las suficientes como para empezar a apreciar en el cuero cabelludo los efectos de aquella droga milagrosa, que le iba pasando a Luis el huelemierdas en remesas de veinte unidades semanales, el muy idiota había empezado a dejarse melena como cuando éramos jóvenes. El dinero entraba con regularidad, yo lo transformaba en coronas danesas casi todo y le daba una parte a la china para que tuviera un capital cuando llegara a la tierra prometida. Fueron un poco raros todos aquellos días, me llamó el ex jefe de personal de la empresa de papel, le habían dado un despacho para que hiciera informes largos y estaba muy agradecido, quería que nos viéramos, le dije que tenía unos viajes pendientes, te llamaré cuando vuelva, era un sujeto irreal, imaginario, yo estaba desprendiéndome de todo aquello para llevar una existencia real, por eso no dejaba de escribir, cuando no escribía, repasaba lo escrito y ajustaba algunas palabras aquí o allá, utilizando el bolígrafo como una lima en los ángulos de este cuerpo mientras la china pasaba el elixir de unos frascos a otros.

Con todo, no había olvidado que tenía cogida por los pelos a la realidad gracias a la melena de Beatriz Samaritas. Decidí visitarla un día que vi por la televisión al ministro del Interior: había sido calvo durante toda la legislatura y ahora se le veía ya un poco de pelo; el huelemierdas estaba poniendo al día todas las cabezas del gobierno, quizá los ministros estuvieran tan fallecidos como yo si pensamos que reaccionaban al tratamiento de un elixir para naturalezas muertas. No había olvidado que le debía todo a Beatriz, ya digo, así que fui a verla esa misma tarde, sin avisar, y despidió a un consultante cojo que había en la sala de espera para atenderme a mí. Me senté a la mesa camilla en la que echaba las cartas, que era como la de mis padres, a lo mejor lo que me gustaba de Beatriz era lo que ardía debajo de las faldas de su mesa, y contemplé las fotos de la pared, llenas de personalidades calvas junto a las que ella sonreía. Señalé al ministro del Interior y dije que a ése le estaba saliendo el pelo. Y a este otro también, afirmó ella señalando a un secretario de Estado, el de comercio, creo, les está saliendo el pelo a todos; en cuanto a mí, añadió mirándome a los ojos, me han ofrecido la dirección de una revista de temas esotéricos, y todo te lo debemos a ti. Yo hice un gesto de modestia, no se fuera a creer que había ido a cobrar alguna deuda, aunque la verdad es que era un modo de disfrazar mi miedo porque había visto en sus ojos un resplandor que me persuadió de que se trataba de una bruja mala, muchas lo son, no me habría importado de no ser porque noté también que estaba desesperada: creo que había adivinado que yo tenía algo suyo de lo que obtenía más poder del que ella habría sido capaz de acumular en tres existencias de bruja como la actual. Mi bigote en efecto era suyo, si llegara a averiguarlo estaba perdido: había leído en uno de los libros sobre el más allá que los brujos y las brujas poseen con frecuencia poderes que no pueden utilizar personalmente, pero sí a través de un intermediario, necesitan en fin un testaferro, como los socialdemócratas, un hombre de paja, un autómata, un segundo cuerpo. Beatriz se había dado cuenta de que yo era su segundo cuerpo, pero no sabía por qué ni en qué momento me podía haber traspasado un poder del que ni siquiera era consciente, aunque parecía dispuesta a averiguarlo. Preguntó que a través de quién había acudido a su consulta la primera vez. Era preciso evitar que me asociara con la peluquería a la que había donado su melena: no conocía el valor de aquellos pelos, pero si unía una cosa con otra ataría cabos, a veces tenía la impresión de que los estaba atando, por eso cuando me miraba a la cara yo me acariciaba el bigote con naturalidad, para contrarrestar el impulso de desviar de él su atención, me lo habría arrancado con gusto, tal era la tensión que en ese instante me proporcionaba. Le dije que Luis me había dado su teléfono, somos del mismo barrio, añadí, y llevábamos más de treinta años sin vernos, pero hace poco coincidimos en un sex-shop de su holding y le comenté que estaba a punto de emprender un negocio de papel, aunque tenía dudas, el momento económmico no es el mejor, yo soy experto en recursos humanos, pero lo que más me gusta es el papel, quizá monte una empresa de papel con subvenciones de la Comunidad, la Comunidad subvenciona cualquier iniciativa de papel. Me aconsejó Luis que si tenía dudas te llamara, llama a Beatriz, me dijo, los políticos y los banqueros van a que ella les eche las cartas, la mitad de las decisiones políticas y empresariales de este país las toman las cartas de Beatriz, puedes ir de mi parte, no te dije que venía de parte de Luis porque prefería que no supieras nada.

Estaba dando demasiadas explicaciones para ocultar la verdad, pero no podía pararme, tenía miedo de que si me callaba el bigote comenzara a chillar, al fin y al cabo era una parte de su cuerpo aquel bigote, a lo mejor quería volver al territorio del que había salido, del mismo modo que yo quería viajar a Dinamarca para conocer mis orígenes. Entonces ella dijo que yo no le había preguntado por ninguna fábrica de papel cuando fui a verla, le había preguntado si se veía en las cartas un cadáver, de eso se acordaba, y yo que quería ver si salía la fábrica sin necesidad de mencionarla. Luego logré tranquilizarme un poco, al fin y al cabo me debía la dirección de una revista sobre el más allá. Es cierto que si llegaba a darse cuenta de que yo había obtenido el poder gracias a su pelo intentaría anular mi voluntad y convertirme en su testaferro, en un autómata a sus órdenes; eso era un verdadero peligro, pero los héroes tienen que enfrentarse con frecuencia a fuerzas sobrenaturales, Aníbal perdió un ojo en los Pirineos, yo era Olegario, un héroe de novela, un héroe no puede huir de la mirada de una bruja, tiene que combatirla, sobre todo si detrás de ese héroe hay un ejército compuesto por un niño tonto y un niño muerto, además de uno invisible y un bastardo. Cada vez que Beatriz Samaritas me miraba, brillaba en sus ojos un resplandor sobrenatural, yo creo que estaba desconcertada porque intuía que no había acudido solo a la consulta, pero no lograba ver al muerto ni al tonto ni al bastardo, ni siquiera al invisible, con el que seguramente se había cruzado en alguna de las dimensiones inmateriales que ambos frecuentaban. Estaba desesperada, ya digo, pero intentaba mantener la compostura para que yo perdiera los papeles. No te voy a echar las cartas, dijo, para qué, se nota en seguida que te va todo bien, despides seguridad y fortaleza, las cartas se echan cuando hay dificultades, seguramente estás bajo el influjo de una conjunción astral excepcional. Vamos a ver tu carta astral si te parece, añadió, y me condujo a una salita anexa en la que había un ordenador en el que fue introduciendo los mismos datos con los que se rellena una ficha policial. El hecho de que utilizara el ordenador, en lugar del compás y la escuadra, para levantar una carta astral, me persuadió de que se trataba de una bruja socialdemócrata: me encontraba, pues, frente a un verdadero peligro, eso es lo que pensaba mientras le proporcionaba mis antecedentes sin dejar de sorprenderme de que los astros necesitasen los mismos datos que la policía para saber quién era yo. Lo malo es que mientras en la pantalla del ordenador hervían todas esas cifras, yo contemplaba el cuerpo de Beatriz Samaritas y no sé por qué me acordé del cuento aquel de Hansel y Gretel, el de La Casita de Turrón. La sala en la que nos encontrábamos era estrecha y oscura, pues la única luz procedía de la pantalla del ordenador, y se trataba de una luz verdosa o ámbar, una luz magnética que iluminaba los pechos de la bruja; me acordé de La Casita de Turrón, ya digo, y de Hansel y Gretel, porque el cuerpo de Beatriz, a la luz de aquella fosforescencia verdosa, parecía un edificio acogedor construido con todas aquellas cosas buenas de las que había carecido en mi infancia. Por un momento imaginé que su conducto vaginal estaba hecho de regaliz negro y que de él manaba un chorro de dulcísima miel. Tuve que encender un cigarro para reprimir el impulso de arrojarme en ese mismo instante sobre ella. Entonces Beatriz sonrió con tolerancia —los socialdemócratas llevaban ya un lustro sin fumar o fumando a escondidas— y se levantó para encender unos palitos de incienso o algo así que contrarrestara el olor del tabaco. El caso es que cuando olí aquel humo me volví loco de amor por ella, ya lo estaba, y sin olvidar que era un héroe que se encontraba allí de paso, pues mi verdadero destino era Dinamarca, decidí que tenía derecho a disfrutar de alguno de los placeres que me proporcionara aquel viaje iniciado en la niñez. De manera que cuando Beatriz regresaba de encender uno de esos palitos la sujeté frente a mí por las caderas y le pedí que se levantara la túnica. Sus ojos parecían dos bolas de caramelo, al menos con esa dureza dulce me miraron antes de comenzar a hacer lo que le había pedido. Sus piernas eran más largas que la infancia de un pobre, más que un viaje en busca de los afluentes del Nilo o de los orígenes de la existencia, pero finalmente, después de una eternidad, el borde de la túnica llegó donde yo me proponía llegar y como viera que tenía las bragas empapadas en alguna clase de néctar le pedí que ella misma, con sus manos, me ofreciera aquella miel. Y Beatriz, sin dejar de sujetar la túnica con una mano, introdujo la otra por debajo del tejido de las bragas y tomó con los dedos un veneno dulcísimo que colocó en mis labios. Si yo, en lugar de ser Olegario, hubiera sido un héroe menor, habría creído en ese instante que ya había llegado a mi destino; afortunadamente, cuanto más grande era el placer, mayor era también la certidumbre de que estaba de paso en aquel cuerpo, podía disfrutar de él a condición de no olvidar quién era, todos los héroes tienen derecho a demorarse un poco después de las grandes batallas y yo venía de vencer en Tesino, Trevia, Trasimeno y Cannas, me parece. Le dije que se bajara las bragas para contemplar directamente el surtidor del que salía aquel elixir y ella me obedeció al instante. En algún momento, llegué a lamentar no ser un héroe menor, porque de este modo me habría quedado en aquella casa para siempre. Entre tanto, en la pantalla del ordenador se había dibujado una carta astral, un círculo alrededor del cual se alineaban planetas y signos que hablaban de mí y quizá de ella. Beatriz, sin dejar de alimentarme con su néctar interpretaba aquellos signos. La habitación fosforescía y el humo del incienso, o quizá lo que ardía debajo de su falda, excitaba mi percepción de tal manera que por un momento tuve la impresión de haber llegado a la realidad. Sabía que no era posible, porque la realidad comenzaba en Dinamarca, pero entre el humo aquel y el líquido que salía de su vagina negra de regaliz creo que sucumbí a una suerte de espejismo, ya que al poco, sin darme cuenta, estaba en otra habitación de la casa, un dormitorio, no sé en qué momento nos transportamos allí Beatriz y yo, me parece que lo hicimos por el aire, el caso es que me decía mientras continuaba alimentándome que si le contaba mi secreto, el del crecepelos, ella y yo seríamos poderosos, prescindiríamos del imbécil de Luis que no era más que un testaferro, un hombre de paja, un intermediario. Decía esto lamiendo con la lengua mi bigote sin darse cuenta de que se lamía a sí misma. Yo, dentro de ese aturdimiento general que a veces me hacía creer estar en la realidad, tenía miedo de que pasara la punta de su lengua por la base y lo despegara un poco, a lo mejor si lo veía despegado se daba cuenta de que era suyo y poseía mi secreto. Pero ese sexto sentido que poseen los héroes hasta cuando sueñan me ayudaba a no bajar la guardia. Aquella bruja intentaba anular mi voluntad haciéndome creer que la realidad comenzaba en su cama, aunque yo sabía que su cama era imaginaria, no obstante, cuando fui a eyacular, me pidió que lo hiciera en su mano y se bebió mi jugo seminal como si lo hubiera tomado de una fuente llena de propiedades magnéticas. Yo me quedé muy debilitado después de esta pérdida y creo que me dormí, pero mientras me introducía en el sueño ella me devolvía todo mi jugo seminal transformado en palabras que mis oídos se bebían como si fuesen bocas. Supe entonces que no siempre había sido bruja, en realidad trabajaba de telefonista sexual para una empresa muy fuerte de sexo telefónico, un monopolio que gestionaba Luis para un ex ministro del gobierno, el caso es que excitando a los hombres por teléfono sufrió un par de experiencias paranormales que le contó a Luis, y Luis se encaprichó de ella porque veía mucho futuro en lo paranormal: en esa época las consultas de los adivinos estaban llenas de banqueros, políticos y reyes empeñados en conocer el futuro. Creo que la obligó a estudiar para que aprendiera a comportarse como una bruja de nacimiento y luego comenzó a pasearla por las embajadas y los cócteles. A veces, si no adivinaba bien algún futuro de especial importancia, la pegaba, creo que me enseñó la cicatriz de una herida que le hizo cuando se equivocó con el destino del ex ministro que tenía intereses en el monopolio de sexo telefónico del que ella procedía. No estaba seguro de que me contara todo aquello ingenuamente: quizá me pedía ayuda, pero yo no podía ayudar a todos los que se me atravesaban en medio de mi viaje a Dinamarca, bastante tenía con la china, que estaba incluida en mi destino desde que era pequeño. Además, Beatriz, si fuera verdad lo que me estaba contando, era prisionera de una organización socialdemócrata, y la socialdemocracia se caracteriza por ser la única filosofía de la vida que permite hacer lo contrario de lo que predica en nombre de lo que predica. Contra una armadura como ésa no hay héroe capaz de vencer. De otro lado, ya digo, todo aquello podía ser una historia para conmoverme y conseguir mi secreto; luego se desharía de mí, se han deshecho otras veces, de manera que no cedí al impulso natural de protegerla. Lejos de eso, yo creo que porque en ese momento no podía defenderme de otro modo, me dormí.

Cuando desperté, estaba anocheciendo, habrían pasado cuatro horas, entonces contemplé su dormitorio por primera vez, antes no me había fijado en los detalles; lo tenía adornado como una verdadera bruja, el problema era ése, que se trataba de un adorno. Vi por cierto una calavera sobre un mueble de apariencia oriental y al observar con los ojos aún entrecerrados por el sueño aquella tosca caja pensé que el cuerpo, incluso si tomamos en consideración su complejidad, se trataba de un instrumento muy rudimentario. La calavera formaba parte de la decoración y Beatriz también; ella estaba a mi lado observándome con desesperación porque no había obtenido mi secreto, y me di cuenta de que era un decorado más, como los búhos que salpicaban las estanterías y las pinturas enigmáticas de las paredes. Beatriz, en fin, no era una bruja, pero eso no la hacía menos peligrosa, porque entonces ella misma y todo cuanto la rodeaba eran el negativo de un deseo no alcanzado, un negativo oscuro en el que también uno podía perderse si no estaba atento al verdadero sentido de la vida. Beatriz Samaritas, dicho de forma rápida, era una de las posesiones corporales de un gángster al servicio de la socialdemocracia, la más peligrosa de las formas asociativas conocidas, aquella que había sido capaz de descubrir mi minusvalía psíquica y me había puesto en la calle con una indemnización de papel. Así que yo había estado en los brazos de la rubia de un gángster que quería obtener el secreto del crecepelos para luego liquidarme; salía de un cuento de hadas y me metía en una novela de asesinos, por eso sabía que todo aquello no era real. Tenía que defenderme de los fantasmas que se iban atravesando en mi camino para hacerme creer continuamente que ya había llegado a la realidad. Cada uno de ellos estaba dotado de una herramienta especial con la que doblegarme: los fantasmas de mi mujer y mi hijo, por ejemplo, me hacían daño en el corazón; el de Beatriz estaba especializado en remover el registro del amor, pero también el de la vanidad; el de Luis salía a mi encuentro para que yo satisficiera mi necesidad de venganza... Cuántas pruebas, pensé, ha de pasar un héroe para alcanzarse a sí mismo...

Escapé asustado de la casa de Beatriz y en la calle oscura tuve la impresión de que una sombra me seguía. Había sido un error reducir el papel del crecepelos a la condición de un juguete cuando en manos de un tipo como Luis podría ser un arma para dominar el mundo, de hecho ya tenía en sus manos al ministro del Interior y al secretario de Estado de Comercio. ¿Cómo no había sido capaz de imaginar que estaría dispuesto a conseguir la fórmula a cualquier precio? Por fortuna, hasta ahora venía confiando en la persuasión, Beatriz formaba parte de ella, pero si no era capaz de obtener mi secreto con la persuasión recurriría a la violencia. Tuve miedo aquella noche, en la calle, y con el miedo recuperé la prisa, de manera que cuando llegué al apartamento le dije a la china que dejara de trasvasar, Dios mío, habría bastado con que Luis enviara un par de matones para descubrir que el crecepelos no era más que un champú para pelucas. Hice desaparecer todos los frascos de champú y telefoneé al huelemierdas: le pedí que acudiera a mi apartamento al día siguiente a un desayuno de trabajo y cuando lo tuve delante le hice creer que quería negociar mientras la china nos servía un café. Me gustaría negociar contigo, Luis, dije acariciándome el bigote de Beatriz; mira, durante algún tiempo pensé en ocuparme yo mismo del crecepelos, pero no tengo dotes comerciales, la verdad, me gustan los recursos humanos y el papel, a eso es a lo que quiero dedicarme, de manera que he decidido poner en tus manos la división del crecepelos; serás mi fiduciario (evité la palabra testaferro para hacerle creer que había ascendido en mi consideración) y tendrás que hacerte cargo poco a poco de todos mis secretos. Se trataba de hacerle creer que la persuasión había comenzado a funcionar, pero comprendí que para producir emociones comerciales en una lógica como la suya necesitaba incluir también un intercambio de intereses, en caso contrario podría sospechar que le estaba tendiendo una trampa o ganando tiempo. Tengo un problema, añadí, creo que me he enamorado de tu bruja, de Beatriz, me gustaría que me la cedieras en propiedad como a la china, ya sé que Beatriz es una propiedad europea, no te apures, soy experto en recursos humanos y conozco las maneras distintas de poseer a las personas de acuerdo con su extracción o su categoría, el socialismo no consiste en tratar a todos igual, sino en no tratar igual a los que son desiguales, creo que le gustó mucho esta complicidad política que establecí de repente entre los dos, pero me pareció conveniente aderezarla con un toque de pasión, así que añadí que no podía imaginarme la vida sin Beatriz, estaba enamorado de ella, en fin, en alguna medida eso era verdad, ¿no te importa? No le importaba, no, no le importaba nada, aunque mientras asentía le estaba dando vueltas a la manera de liquidarme una vez que tuviera en su mano los secretos de la producción del elixir, pero yo aún no había terminado, mira, Luis, añadí, tengo que hacer un viaje a Dinamarca para llegar a acuerdos con una fábrica de papel de allí, por lo visto quieren montar un monopolio con los finlandeses para copar el mercado europeo, no nos podemos quedar fuera de esa operación, necesitamos importar tres millones de toneladas de papel al año, un desastre para nuestra balanza comercial, he de encontrar el modo de asociarme con ellos y me gustaría de paso llevarme a la china a Copenhague para realizar su sueño de conocer el norte, quiero decir que necesito un pasaporte para ella, con tus contactos en Interior no hay problema, ¿verdad? Es un peligro, dijo él, andar moviendo esta mercancía por Europa, hay mafias ilegales, muy chapuceras, que llevan tiempo detrás de este sector, importan niñas de doce y trece años, algunas con los dientes rotos de las palizas que les dan, imagínate, cuesta un riñón arreglarles los dientes, y lo de los chinos es terrible, te meten a cuarenta chinos a fabricar pantalones en apartamentos de cincuenta metros y nos desprestigian a todos, nosotros estamos poniendo un poco de orden en este mercado, la verdad es que ni siquiera pretendemos crecer, nos conformaríamos con ordenar el mercado, no es lo mismo traer gente de Ucrania que del Nepal, sus caracteres son distintos, a las del Nepal hay que sanearles la boca, luego están las certificaciones sanitarias, en fin, cuando una muñeca como la tuya llega a una de nuestras tiendas nos ha costado un ojo de la cara, no podemos andar moviendo a esta gente de un lado para otro por Europa, Jesús...

La china permanecía sentada en una esquina del salón, con la postura casual de una muñeca abandonada, comprendí que se trataba de la mujer que había aparecido en las cartas que me echó Beatriz cuando regresé de Madeira, en ese instante habría dado la vida por ella. No la voy a mover por toda Europa, dije, sólo quiero llevarla a Dinamarca y es importante para mí, muy importante, Luis, tú verás, dile al ministro del Interior que si no te da el pasaporte se le puede caer el pelo. Me reí un poco para quitar tensión a la escena, porque Luis parecía dudar, no es fácil, dijo, no puedes abandonarla en Dinamarca con un pasaporte falso hecho por nosotros. No la voy a abandonar, Luis, quiero que esté a mi lado, como una secretaria, quiero enseñarle aquello para que vea el frío que hace, y en cuatro días, una vez que haya llegado a acuerdos de papel con los daneses, estamos otra vez aquí los dos, y al día siguiente de volver ponemos en funcionamiento la producción y comercialización del crecepelos, tú habla entre tanto con los abogados para que vayan preparando los papeles, yo los firmo en seguida.

Cuando Luis se marchó, bañé a la china y me di cuenta de que su pubis continuaba calvo como el de una muñeca de porcelana pese al tratamiento de choque que venía aplicándole. Tuve miedo de que el crecepelos hubiera dejado de funcionar, aunque lo más probable es que se tratara de un elixir irreal que sólo actuaba eficazmente en cabezas irreales como la de Luis o la del ministro del Interior o la mía propia, yo había tenido una cabeza irreal, quizá cuando llegara a Dinamarca me quedara calvo. El caso es que en el pubis de la china, que era un pubis real al contrario de aquellos con los que hasta entonces me había relacionado, la magia no funcionaba, la magia no es real, eso lo sabía cualquiera que hubiera salido de un barrio como el mío. Recuerdo que, mientras le secaba el pelo, sonó el timbre de la puerta y me dejaron un sobre, al principio creí que se trataba del pasaporte, pero era una demanda de divorcio, un abogado me pedía que me pusiera en contacto con él para hacerme conocer los términos en que mi mujer solicitaba el divorcio. Las cosas continuaban funcionando a buen ritmo en el territorio de lo irreal, en cierto modo me tranquilizó saber que lo irreal podía funcionar sin mí, pensé en mi hijo creciendo de forma imaginaria en ese mundo fantasmagórico que yo me disponía a abandonar y calculé que de la misma forma que a mí me llegaban demandas de divorcio de la irrealidad, a él podrían llegarle a su vez documentos procedentes del territorio de lo real, quizá por eso yo no dejaba de escribir para levantar este cuerpo de papel, tal vez se lo hiciera llegar a mi hijo irreal cuando estuviera completamente articulado y entonces se alegraría de haber tenido un padre real, el padre real siempre está ausente, yo había tardado toda una vida en descubrirlo, el mío se encontraba en Dinamarca. Ahora escribía con prisa, poseído de nuevo por un grado de estrés socialdemócrata, porque había perdido ya la universalidad que se puede apreciar al principio de este cuerpo, y a medida que me hacía real perdía cosas. Luis tardó una semana en conseguir el pasaporte de la china y durante ese tiempo, por ejemplo, se me cayó otra vez el pelo, ya no me hacía efecto el champú, pensé en arrancarme el bigote también, pero no fue preciso porque se cayó solo, un día estaba con la china en la cama y al irme ella a acariciar como a un hermano (nos tocábamos como hermanos ya, ella era Gretel y yo Hansel), se quedó con el bigote en la mano, fue la primera vez que se rió y yo con ella, qué real era todo. Entre tanto, Luis nos mandó un fotógrafo para el pasaporte de Gretel y cuatro o cinco mensajeros que traían papeles, quería que le firmara algunas cosas antes de irme a Dinamarca y yo firmaba sin mirar, unas veces ponía Olegario y otras Hansel, qué más daba, también firmé la demanda de divorcio y se la di a uno de aquellos mensajeros. Al séptimo día, como si la Creación llegara a su fin, apareció Luis con el pasaporte de la china, yo tenía miedo de que se le hubiera caído el pelo como a mí, pero traía una melena que parecía sacada de nuestra juventud, no se dio cuenta de que yo era real, aunque me preguntó por el bigote y por el pelo, le dije que me lo había quemado la quimioterapia y me dio unas palmadas en el hombro sin disimular un gesto de aprensión, como si la quimioterapia fuera contagiosa, no sabía nada, añadió, yo le rogué que no se lo dijera a Beatriz, yo mismo se lo explicaré cuando vuelva, y él me pidió todavía unas firmas que le di con gusto, mi firma ya no valía nada en esa dimensión, pero ni sus abogados ni los de mi mujer se habían dado cuenta todavía. Cuando se fue, me contemplé en el espejo, prácticamente calvo ya y sin el bigote, y era real, real, estaba al fin llegando a lo real, podía tocar la realidad con la punta de los dedos, recuerdo que la china estaba detrás de mí, fascinada porque jamás había visto nada tan real (la tenían drogada sobre el colchón de algún prostíbulo lejano, viajando imaginariamente por Europa) y yo le toqué el brazo y percibí que la porcelana de aquella muñeca china sacada de la caja de un sex-shop se había transformado ya completamente en carne, era real también. Después salí a comprar los billetes de avión y una maleta con ropa para ella. La calle y las tiendas tenían ese resplandor sólido, quizá excesivamente sombreado, característico del cine en blanco y negro y de las cosas reales en general.

Gretel, la china, estaba muy excitada en el avión, no quiso ni comer, sólo miraba por la ventanilla para ver si se le aparecía Dinamarca, me llamó cerdo europeo varias veces, no tenía palabras para agradecerme el viaje. Al llegar al aeropuerto de Copenhague percibimos los dos en el ambiente una blancura que en la dimensión de la que procedíamos sólo se alcanzaba, aunque no siempre, en los quirófanos, y luego desde el taxi que nos llevaba a la ciudad íbamos viendo granjas, todas con los establos recién pintados, parecían ilustraciones a color sacadas de un libro muy grande. Sobre nosotros había un techo de nubes blancas tan bajo que casi se podía tocar con las manos, también vimos un grupo de mujeres rubias atravesando el campo en bicicletas de colores. Me di cuenta en seguida de que se trataba de un país pequeño, pero ordenado con ese gusto por el detalle que se aprecia en las casas de muñecas. Gretel miraba el paisaje con la mezcla de fascinación y terror que proporciona encontrarse frente a un sueño. Al entrar en la ciudad, que carecía de suburbios, vimos techos y cúpulas de cobre, en color verde, que no había imaginado nunca que existieran, creí que sólo en la cabeza de los dibujantes eran posibles tales arquitecturas, precisamente Olegario había salido de una ciudad como ésa, pero yo la había copiado de los relatos ilustrados. Las calles parecían pasillos, y reductos morales los escaparates de las tiendas: lo real estaba lleno de perfiles fantásticos, siempre lo supe.

Gretel, ya digo, estaba muy nerviosa, yo no sabía dónde abandonarla a su sueño danés, finalmente ordené al taxista que se detuviera en una calle de juguete y fuimos andando bajo una arcada de columnas hasta una plaza de colores troquelada en cartón que era la plaza del Palacio de Amalienborg, donde vivía la reina de aquel cuento real. Tenía un empedrado de guijarros y ocho lados que se reflejaban unos a otros como en un espejo, había también garitas rojas, de madera, con soldados de plomo del tamaño de un hombre, articulados de tal modo que podían desfilar y toser, uno de ellos tosió muy cerca de nosotros y Gretel se rió como cuando se quedó con mi bigote en la mano, fue la segunda vez que la vi sonreír. En el medio de aquel octógono troquelado con la perfección con la que lo real se manifiesta en los sueños de los niños, había una estatua ecuestre verde, de cobre, que no podías dejar de contemplar si caías en la tentación de mirarla una vez. Habíamos llegado sin duda a la realidad, lo noté también porque allí había atmósfera, el aire, por ejemplo, sabía a sal, respirabas el aire húmedo, porque el mar estaba allí mismo, formaba parte de la realidad, y podías saborear la sal disuelta en él, estábamos los dos muy emocionados, Gretel y yo, casi agradecíamos la sensación de frío, eso significaba que habíamos escapado de la bruja, ahora comprendí hasta qué punto Beatriz era una bruja mala, aunque su cuerpo estuviera hecho de regaliz y de caramelo sus ojos, en fin, le recordé a Gretel dónde había guardado las coronas danesas y el pasaporte y le expliqué con gestos que me iba, se puso algo nerviosa, pero le dije que se quedara tranquila porque aquel lugar era sin duda alguna Dinamarca, habíamos llegado. Añadí también, aunque no me entendía, que desde que la viera trabajar de autómata en una caja de cristal en la que era apaleada eternamente por haber roto eternamente un jarrón de porcelana, quizá de porcelana china, yo había vivido sin saberlo para llevarla a Copenhague.

Yo no tenía más que un maletín con cuatro cosas, pero ella arrastraba la maleta grande que le había regalado, en la que se sentó cuando le di la espalda. Recuerdo que me escondí detrás de una de las garitas de juguete donde montaba guardia un soldadito de plomo, para observar el fulgor que despedía aquel espacio, y entonces la china y la maleta se contagiaron de aquella luz, que era contradictoria porque procedía del interior opaco de la realidad, quizá se tratara del fulgor con el que los dioses me señalaban que había cumplido mi destino. Gretel por su parte había visto un millón de veces aquel paisaje real en los cuentos europeos que encuadernaba su madre en Singapur o en China o en Malasia, no sé, y estaba disfrutando de haber llegado al fin al interior de uno de aquellos cuentos, donde hervía la realidad de la que ella, como el resto de sus compatriotas, había sido expulsada inexplicablemente. Aunque a lo mejor, pensé, no estaba allí, sino que continuaba drogada en lo más hondo de un burdel de un país del sureste asiático, con un europeo calvo como yo jadeándola encima, pero la droga había comenzado a funcionar, pues a través de una de las rendijas del paraíso artificial había logrado penetrar en el paraíso real de los cuentos que fabricaban allí para los pequeños cerdos europeos.

Yo podía haber ido directamente a casa de mis padres, tenía derecho, pero preferí buscar un hotel y lo encontré a dos calles de la plaza del Palacio de

Amalienborg. Por dentro era todo de madera y desde mi habitación se veía un patio de ladrillo rojo con vigas de madera pintadas de color azul. Me senté en el borde de la cama y lloré un rato para liberar la energía acumulada por tantas emociones, luego saqué de la cartera la tarjeta de mis padres daneses y llamé por teléfono para comunicarles que estaba en la ciudad y que quería verles. Lo cogió una mujer que no era mi madre, la habría reconocido en seguida, pregunté por él, por papá, que era con el que podía entenderme en castellano, pero el teléfono iba pasando de unos a otros, como si la casa estuviera llena de gente que no me comprendía, finalmente colgaron quizá pensando que se trataba de un error.

En la recepción del hotel, sobre un plano de la ciudad, me explicaron dónde estaba la calle de mis padres y vi que podía ir andando, era mejor, necesitaba pasear un poco para rebajar la tensión, el llanto a veces no bastaba. Quizá por otra parte, pensé, había puesto en aquel encuentro más expectativas de las razonables y el fracaso con el teléfono había despertado mis sentimientos de orfandad. Comenzaba a oscurecer, a pesar de que no era tarde, y el tejado de nubes había descendido un poco más, ahora se trataba realmente de un techo. Atravesé una plaza y tomé una calle peatonal de la que la gente iba desapareciendo a medida que yo la recorría: en la realidad la gente se retira muy pronto y permanece en el interior de las casas hasta que se hace de día, por eso al poco no había otro transeúnte que yo en aquella calle, que era muy limpia, aunque algo estrecha, y estaba flanqueada por casas rojas y amarillas y blancas, con las ventanas de madera formando bastidores en los que se incrustaban pequeños cristales biselados: eran en realidad casas de muñecas. Resultaba inquietante ir solo por en medio de una calle de juguete, sabiendo que en el interior de las casas de muñecas podían estar sucediendo las historias atroces de los cuentos, otro con menos valor que yo se habría retirado al hotel, pero según el plano de la ciudad que temblaba en mi mano estaba ya a dos calles de la de mis padres daneses, allí sin duda encontraría protección y consuelo.

Era noche cerrada cuando alcancé el portal, también ellos vivían en una casa de muñecas, subí andando hasta el segundo piso por una escalera de madera, y vi la puerta de su piso abierta, como la del portal, y mucha gente que no prestó atención a mi llegada en el descansillo de la escalera. Entré dejándome guiar por un olor como de muerte y en una especie de salón con las paredes de papel pintado vi a mi padre danés llorando sobre el brazo de un gran sillón mientras alguien le acariciaba la cabeza, él no me vio, de forma que continué caminando detrás de aquel olor y entré en un pasillo iluminado con los tonos oscuros característicos de las galerías por las que se llega a la cámara de la conciencia, parecía que me adentraba en mí mismo más que en una casa. Al final del pasillo había una habitación abierta en la que, sobre una cama, reposaba el pequeño cadáver de mi madre danesa amortajado al modo de una muñeca nórdica. Había llegado tarde, como siempre por otra parte, así que me derrumbé en una silla de la que acababa de levantarse alguien, porque estaba caliente, y comencé a llorar procurando no llamar la atención, lloraba pues como en la sauna de Madeira, mientras mamá, desnuda, se levantaba para echar agua en el pequeño infierno aquel de piedras rojas y yo me daba cuenta de que sus pezones eran en realidad dos nudos que nadie había logrado desatar. Cuando me calmé un poco, levanté la cabeza para ver a mi familia danesa, que se movía con discreción en torno al cadáver. Entonces entró en la habitación un tipo de mi edad al que los demás se acercaban y abrazaban con los gestos de solidaridad que se dedican a quien en tales situaciones posee el monopolio del dolor. Comprendí en seguida que se trataba del hijo de mis padres, el miserable que se había cambiado por mí en unos grandes almacenes, cuando papá trabajaba en la Siemens española, la muerte no se lo había llevado, yo había hecho el sacrificio de ser un bastardo para engañar a la muerte, contra quien había perdido la vida en una apuesta, y la muerte no se había cobrado la deuda. O quizá sí: a lo mejor yo estaba muerto en realidad y a mi lado, muertos también, estaban, además del bastardo, el invisible y el tonto: un genocidio, en mí se había cumplido un genocidio, los héroes son así, llegan a su destino y fracasan después de haber superado pruebas para titanes, Aníbal perdió la identidad a las puertas de Roma, después de haber hecho lo más difícil, que era perder un ojo en los Pirineos.

Miré el cadáver de mamá por última vez y abandoné su dormitorio para internarme de nuevo en el pasillo, había una habitación con la puerta entreabierta, pensé que sería la del hijo, es decir, la mía, de forma que me metí en ella y encendí la luz, tenía una mesa de trabajo con una lámpara que me pareció cara, yo jamás tuve una lámpara como ésa, ni siquiera una mesa de trabajo, ni cuadros en las paredes, las paredes de mi casa estaban desconchadas, como todo el barrio en general, Dios mío, cómo llegué a odiar al usurpador de aquel dormitorio en el que yo sin duda habría crecido feliz y así habría llegado a algo en la vida sin necesidad de dedicarme a la mierda de los recursos humanos; sobre todo no habría alcanzado la edad que tenía al frente de un ejército de desharrapados, porque el muerto y el subnormal y el invisible y el bastardo habían llegado a Dinamarca en peores condiciones que el ejército de Aníbal a las puertas de Roma, era un ejército maltrecho, sin fuerzas para nada, adónde iba a ir yo con esa tropa, quizá aquello fuera la realidad pero ya no tenía sitio en ella.

En esto oí un ruido detrás, me volví y vi frente a mí a mi hermano, no sé si técnicamente éramos hermanos, el hijo de mis padres quiero decir, nos miramos durante unos segundos con la extrañeza con la que contemplamos a veces nuestro propio reflejo en un escaparate sin reconocernos inmediatamente en él, y comprobé que tenía cara de saber, de saber que había ganado la partida, no estaba calvo, pero su rostro era más meridional que el mío, y era socialdemócrata también, eso lo llevaba escrito en la frente. Yo había sido más danés que él sin duda alguna, pero el medio ambiente influye mucho en los caracteres físicos, de manera que cualquiera que me viera podía pensar de mí que era español. Supe también en aquellos segundos que no había sido un buen hijo este sujeto, quizá había matado a disgustos a mamá, me acordé entonces del viejo del sombrero colonial, de Madeira, también podía matar a este hermanastro, o lo que fuera, no tenía más que lanzarme sobre él con la ayuda de mi ejército de desharrapados, armado hasta los dientes con el odio de todos aquellos años de no haber sabido quiénes éramos, lanzarme sobre él, digo, y ahogarlo, tenía una nuez sobresaliente, muy fácil de quebrar, después de romperle la cáscara a la nuez saldría a la calle y regresaría a mi hotel de juguete a través de aquellas calles de juguete y nadie, nunca, podría relacionarme con el crimen, casualmente llevaba los mismos pantalones que el día que había lanzado al precipicio al viejo del sombrero colonial, ni siquiera los había lavado para no quitarles los restos deshidratados de la meada que me lanzó antes de caer. Mi hermano se dio cuenta de la tensión acumulada en mi mirada y creo que tuvo miedo, entonces le perdoné la vida, no valía la pena matarle si ya no podía ocupar su sitio en el corazón de mamá. Soy un amigo de tu padre, me disculpé, resulta que sabía español, se lo habían enseñado, a mí no me enseñaron danés, todo lo malo había sido para mí. Saqué la tarjeta de papá y se la enseñé para justificar mi presencia. Nos conocimos en Madeira. Ah, en Madeira, repitió, a mamá le gustaba mucho, pero en el último viaje sucedió una desgracia y no volvieron. Supe que se refería al viejo del sombrero colonial y percibí en su gesto una sombra de sospecha, quizá papá le había hablado de mí, nos parecíamos tanto mi hermano y yo que cada uno podía leerle el pensamiento al otro y su pensamiento estaba diciéndome que no se me ocurriera volver por allí porque él sabía quién se había cargado al viejo del sombrero colonial. Ahora recuerdo que por un momento tuve una sospecha atroz: la de que mi verdadero padre era ese viejo al que yo había arrojado al vacío, fue una sospecha atroz, ya digo, de la que procuré desprenderme mientras abandonaba la habitación y emprendía el camino de regreso en dirección a la escalera seguido por mi hermano, el usurpador del trono aquel de Dinamarca. Cuando atravesamos el salón vimos a nuestro padre llorando sobre la misma butaca y acariciado por la misma mano, pero no hice nada por que me viera a mí. Ya en la puerta mi hermano y yo nos enfrentamos de nuevo y yo le di un abrazo al que él respondió a su pesar, en su respiración percibí el aliento descompuesto de la estirpe de los de Caín.

Una vez en la calle, quizá porque era de noche, y las luces de las ventanas contribuían a ello, se hizo más intensa la impresión de encontrarme en el interior de una maqueta recién pintada. Fui caminando hacia el hotel haciéndome preguntas fundamentales sobre mi existencia, lo había perdido todo, quizá los héroes de verdad lo pierden todo, siempre. Creo que lamenté haberme convertido en Olegario, mejor dicho, estaba empezando a lamentarlo cuando vi en una esquina una sombra pequeña hurgando en un cubo de la basura, eso, me dije, es en este país una elección, quizá deje de serlo dentro de poco, pero hoy continúa siendo una elección, de forma que me acerqué para ver el rostro de quien elegía esa forma de vida y era Gretel, la china, Dios mío, era ella. Me sonrió, fue la tercera vez, y la definitiva, acababa de estrenar el abrigo y parecía ya el abrigo de un mendigo, no sé dónde había dejado la maleta. La ayudé a seleccionar los tesoros que contenía el cubo de la basura, que era de juguete también, como las casas y las fuentes, y en ese instante supe que una vez que regresara al hotel para transferir al papel del Estado lo poco que quedaba de mi cuerpo, volvería con ella y viviríamos los dos sin cuerpo (el suyo seguramente continuaba en un burdel de Malasia), alimentándonos de los cubos de basura, después de todo quizá tampoco aquello fuera Dinamarca, sino un espejismo producido por las drogas que habíamos tomado los dos antes de entrar en el cuartucho donde quizá yo me la estaba follando por dos duros con la furia del que no ha sido nadie y baja de vez en cuando al barrio chino para obtener una dosis de realidad.

Este libro se terminó
de imprimir en
Móstoles, Madrid,
en el mes de
mayo de 2024